KB143123

지금 바다로 가는 버스를 탈 수 있을까

산문의 거울 ❽

지금 바다로 가는 버스를 탈 수 있을까

지은이 | 최영실

발행 | 2021년 11월 20일

펴낸이 | 신중현
펴낸곳 | 도서출판 학이사
출판등록 | 제25100-2005-28호

대구광역시 달서구 문화회관11안길 22-1(장동)
전화_(053) 554-3431, 3432 팩시밀리_(053) 554-3433
홈페이지_http://www.학이사.kr
이메일_hes3431@naver.com

ISBN_979-11-5854-331-0 03810

지금 바다로 가는 버스를 탈 수 있을까

최영실

學而思 | 학이사

더없이 완벽한 여행의 기록

여행 글을 묶어 책으로 만든다고 했을 때 떠오른 첫 여행의 기억이 있다. 배를 기다리며 아버지 손을 꼭 잡은 채 한껏 상기되어 서있는 세 남매. 순경이었던 당신이 근무하던 곳에서 가까운 유원지를 구경시켜 주려고 바쁘셨던 엄마를 대신해 나선 길이었다. 어린이날이었다. 아버지 손에 세 남매를 맡긴 엄마는 남들에게 부족해 보이지 않으려고 멋진 옷을 입혀주셨다.

처음 배를 타고 바다를 건너 섬에 발을 딛는 일은 낯설고 무섭기도 했다. 하지만 잠시 바다를 건넜을 뿐인데 마치 다른 세상에 착륙한 듯 신기한 일 투성이었다. 붉은 동백꽃 아래 삼삼오오 모여 앉은 사람들, 알록달록 달콤한 간식을 파는 상인들, 신나서 뛰어다니는 내 또래 아이들의 웃음.

눈을 감고 그 시절로 돌아가 본다. 신기하게도 그 작은 섬의 동백꽃 향기와 나무 그늘의 서늘한 공기가 수십 년이 지난 지금까지도 또렷하다. 그 어린 시절의 첫 여행은 끝이 났을까.

가끔 여행에 동행하는 사람들이 내게 묻곤 한다. 다녀와 글을 쓰려면 열심히 돌아보고 사진도 찍고 해야 하는데 마치 그곳에 살고 있었던 사람처럼 느긋해 보이는 것이 의아했던 모양이다. 고백하자면 나의 진정한 여행은 그곳에서 돌아오면서부터 시작된다.

가만히 눈을 감고 시간을 거슬러 가보면 그때는 보지 못했던 아름다웠던 순간들이 빼곡하게 다시 펼쳐진다. 바람의 방향으로 몸을 누이고 살아가는 어느 나무 한 그루의 깊은 숨소리, 소읍의 늙은 거리에서 풍겨 나오던 비릿한 생선 내음, 골목을 안내하며 손을 잡고 뛰어가는 천진한 웃음소리. 내 모든 여행은 여전히 끝나지 않은 채 언젠가의 어느 곳, 길 위에 서 있다.

은퇴를 하면 버스를 타고 전국을 다니고 싶다던 아버지는 꿈을 이루지 못하고 당신의 별로 마지막 여행을 떠나셨다. 가족 여행을 가자고 하면 항상 다음에, 다음에, 미루시던 아버지는 왜 그러셨을까. 진정 두 발로 걸어 다니는 것보다 이미 가고 싶은 곳을 마음속에 그리며 여행 중이셨던 것은 아닐까.

이번 여행 산문집은 사진을 넣지 않았다. 홀로 혹은 사랑하는 이와 여행을 꿈꾸는 당신이 마지막 빈 풍경을 채

워준다면 더없이 완벽한 여행의 기록이 되지 않을까 하는 설레는 마음으로.

지금, 바다로 가는 버스를 탈 수 있는 긴 초대장을 넣어 이 책을 당신께 건넨다.

2021년 11월

최영실

차례

마냥

붉은

다시

마냥

그래, 남겨둔다.
이토록 아름다운 것은 두고두고 남겨두었다가
삶에 치여 흙투성이 무릎을 털면서 오거나,
더 이상 오를 것이 없어 사는 것이 시시해질 때
오만함을 주머니에 푹 찔러 넣고 오면 된다.
사과꽃향기 머무는 봄도 좋고,
은행잎 황금빛 주단 펼쳐 밟고 오르는 가을도 좋고,
천년을 거슬러 선묘각 가는 길에 하얀 발자국 내보는
어느 눈오는 날은 더욱 좋고.

나그네 긴 소매 꽃잎에 젖어
- 외씨버선길

오랜만에 듣는 소쩍새 울음소리다. 봄이 되면 찾아와 가을이면 떠나는 그 새의 울음을 들으며 산책하는 해거름의 여유를 올해는 왜 놓치고 있었을까. 달빛 말고는 아무 빛도 기척 없는 산골의 앞산을 마주 보며 창을 열고 섰다. 살갗에 닿는 차고 시원한 바람, 공기, 거친 가지를 뚫고 나온 연두 잎들의 숨소리, 숲 사이를 채우는 나무 내음. 까만 밤을 뚫고 안개 자욱한 고갯길을 굽이굽이 넘어오길 잘한 것 같다. 두 발로 길고 긴 길을 다만 걷고 싶다고 마음을 함께한 벗과 동행하려 시간을 맞추느라 늦은 출발을 했던 터였다.

사람에도 인연이라는 것이 있듯, 내게 어떤 지역의 지명이 묘한 끌림으로 머릿속에 남아 있는 곳이 몇 군데 있다. 남해의 앵강이 그랬고, 순천의 와온, 타이중의 루강, 프놈펜의 메콩강, 일일이 다 열거하진 못하지만 오롯이 그 이름의 끌림에 두 발로 나섰던 기억들, 나조차도 기억하지 못하는 전생 전 전생 언젠가에 살았던 곳이 아닐까 하는 그 설렘과 그리움으로 도착하는 곳들은 낯설지 않았고 항상 나에게 따뜻하게 길을 내어 주었다. 그 길 위에 마음 맞는 벗과 함께라면 그런 시간은 선물이다. 지난한 시대를 지나며 의기를 투합해 서로를 지켜봐 준 지훈과 목월의 우정처럼, 신의처럼.

오월이 시작되면서 선물 같은 연휴가 이어졌다. 이제껏 가둬두었던 몸, 마음들이 나서는 날들, 조금 사람이 덜 붐비는 곳을 찾아 흠씬 걷고 싶은 길이 어디 있을까. 어느 매체에서 본 길인데 머릿속에서 떠나지 않던 이름 하나가 떠올랐다. 외씨버선길, "소매는 길어서 하늘은 넓고, 돌아설 듯 날아가며 사뿐히 접어 올린 외씨버선이여" 조지훈 시인의 「승무」에 나오는 그 외씨버선이 좁다랗게 이어지는 길과 닮아 붙여졌다고 한다. 버선길이라니, 어디선가 그리운 이 구비 돌아 서는 길 저편으로 버선발로 당신을 맞아 줄 것 같은 이름이 아닌가.

청송, 봉화, 영양, 영월의 네 개 군이 함께 만든 둘레길은 전부 200km, 13코스이다. 이름 하나 허투루 짓지 않은 정성이 보이는 것이, 춘양목솔향기길, 보부상길, 오일도 시인의 길, 김삿갓문학길, 하나같이 마음을 끄는 이름이다. 찬란한 슬픔을 품은 오월의 봄. 술을 좋아하고, 친구를 좋아하고, 사랑을 저버리지 않은, 혁명과 지조를 간직했던 시인의 발자국을 따라 걷고 싶었던 마음은 자연스러웠다. 외씨버선길 6코스 조지훈문학길을 오른다.

영양 전통시장에서 출발해 조지훈 문학관이 있는 주실마을까지 13.9km, 중간 재를 포함해 5~6시간 소요되는 길이다. 시작 지점인 영양 객주가 있는 시장에는 마침 산나물 축제 5일장이 열렸다. 마침 장날. 여느 시골 장날 볼 수 있는 할머니들 머리에 파마 수건 두르신 모습, 굽고 깊은 등과 주름을 지고 이고 몇 자루 채취한 산나물을 장에 펼치는 풍경, 이 깊은 시골 마을의 장은 생각보다 컸고 상인들의 표정은 봄처럼 들뜨고 서로 정겨웠다. 코스를 완주하고 다시 돌아오는 오후, 장이 파장할 즈음 산나물 한가득 사가야지 하고 신발 끈을 맨다.

나그네의 길을 안내하는 외씨버선길의 보라색 리본이 흩날린다. 자연에서 분리된 것만 같은 색인 모호한 보라가 뜻밖에 연둣빛 숲과 잘 어울린다. 보라를 좋아하는 나는 내내 길을 걸으며 먼저 떠난 사람과, 그 길을 걷는 우리와, 다시 그 발자국을 포개며 걸어올 누군가를 떠올리며 순간이 영원으로 이어질 것만 같은 조붓한 버선길을 딛고 디뎠다.

벚꽃엔딩의 꽃눈을 맞은 지 얼마 되지 않은 것 같은데 다시 하늘에서 눈꽃이 내린다. 민들레 씨앗이 옅은 바람에 흩날리며 허공을 휘젓는 모습이 마치 동화 같다. '동화 같다' 는 표현은 비현실적으로 미화된 풍광 같지만 그도 그럴 것이 수만 명이 다녀간다는 유명지와 비교되는 것이다. 14km 대여섯 시간을 걷는 동안 단 한 사람의 나그네만을 만났으니. 벗과 나는 사과를 한 입 베어 물고 노루목재 초입의 나무 그늘에 앉아 흩어지는 하얀 솜 가루를 바라보며 길 잃은 산속의 두 주인공처럼 쉬었다. 실은 이삼십 대부터 낚시를 좋아해 전국을 다녀보지 않은 곳이 없지만 이곳 영양은 처음이다. 지금은 길이 좋아 사는 곳에서 두세 시간이면 도착하는 곳이 되었지만 진정 찾는 사람이 잘 없는 신비의 은둔 지역으로 느껴졌던 낯선 들판 영양에서, 인적 없이 바람만 흐르는 그 길이 동화 같다는 표현은 넘치지 않는 것이다.

영양의 오월도 여느 산과 다르지 않게 봄 들꽃, 야생화

지천이다. 꽃이 지면 몰라보는 지경이 아니라 꽃이 피어도 몰라보는 우리의 무지에 이름을 알아가며 걷는 재미가 쏠쏠하다. 각시붓꽃, 아낙의 향기 분꽃, 미나리아재비, 으아리, 하얀 민들레, 저도 나를 모를 텐데 눈만 맞추면 되지, 했던 시절을 지나 꽃의 이름을 불러보고 싶은 마음이 드는 나이를 나는 지나고 있나 보다. 외면했던 모든 스치는 사물과 사람들에게 보낸 나의 무심함에 잠시 미안한 생각이 든다. 자연은 늘 나를 낮은 곳으로 가라 한다.

상점도 인적도 드문 길을 걷다 허기질 때 즈음 일월면의 삼거리에 도착했다. 목적지에 도달할 때까지 굶는 건 아닐까 했는데 다행히 식당을 만났다. 드문 둘레길을 오는 사람들에게 쉼터가 되는 곳이란 것을 금방 알겠다. 넉넉한 산나물의 반찬 인심도 그렇지만 사탕, 생수, 커피까지 시골마을을 방문하는 손님들에게 베푸는 인심이 그대로 다정하다. 허기와 갈증을 채우고 남은 오솔길을 좋다, 좋다, 감탄하며 걷다 보니 목적지인 주실마을이 저편 숲 사이로 보인다.

조지훈 시인은 영양군 일월면 유림 명가인 한양 조씨 호은종택의 자손이다. 한양 조씨들의 전통마을인 주실마을에서 그는 태어났다. 의병대장으로 항일활동을 한 순국

지사 조광조의 증손자이며, 조부 조인석은 덕망 있는 한학자였다. 그가 올곧은 정신을 가질 수 있었던 배경에는 수백 년을 이어져 내려오는 조상들의 선비정신과 그에 머무르지 않고 실학자들과의 교류와 개화 개혁으로 이어진 진취적인 문화를 간직한 유서 깊은 고향마을이 있었다.

주실마을에는 조지훈의 생가인 호은종택과 마을 한복판에 자리 잡은 옥천종택, 월록서당 등 많은 문화재들이 보존되어 있다. 앞산의 문필봉은 지세로 학자를 많이 배출하는 형태를 가지고 있고, 수백 년 전부터 마을사람들이 나무를 심어 가꾸는 숲이 있는데 당산나무인 느티나무를 비롯해 여러 종류의 나무들이 어우러져 지금은 전국에서 아름다운 숲으로 이름이 나있다. 대를 이어 가꾼 숲이라는 것에 많은 의미가 담겨 있다.

부인 김난희 여사의 친필 현판이 걸린 지훈문학관 앞에는 그의 시어들이 나란히 세워져 있다.

그중 눈에 띄는 그의 산문 「멋 설」의 한 단락이 멋이 있어 옮겨보자면,

"멋, 그것을 가져다 어떤 이는 '도道'라 하고 '일물一物'이라 하고 '일심一心'이라 하고 대중이 없는데, 하여간 도

고 일물이고 일심이고 간에 오늘 밤엔 '멋' 이다. 태초에 말씀이 있는 것이 아니라 태초에 멋이 있었다. 멋을 멋있게 하는 것이 바로 무상無常인가 하면 무상을 무상하게 하는 것이 또한 '멋' 이다. 변함이 없는 세상이라면 무슨 멋이 있겠는가. 이 커다란 멋을 세상 사람은 번뇌煩惱라 이르더라. 가장 큰 괴로움이라 하더라."

태초에 멋이 있었다니, 멋이 번뇌이고 가장 큰 괴로움이 멋이라니. 말없이 걸었던 벗과 나, 서로의 마음에 가졌을 떨쳐버리고 싶었을 삶의 애로는 크든 작든, 있었을 터. 구비 진 길을 가지런히 디디며 위로받았던 서로의 마음에 그의 글은 덤으로 위안이 되었다.

시인의 생가 옆 소담한 담벼락 안으로 찻집이 눈에 띈다. 걷느라 흠뻑 흘린 땀도 식힐 겸 차가운 커피 한 잔을 마실까 해서 들어섰다. 주실 마을을 시가로 둔 여주인은 서울에서 부군을 따라 이곳에 내려왔다가 너무도 적적해 게스트하우스 겸 찻집을 차렸다 한다. 한적한 마을에 두 나그네가 이토록 반가웠을까, 카메라를 메고 유유자적 다니는 모습이 보기 좋다며 출발지였던 영양 읍내까지 데려다주는 친절을 베풀었다.

살아가는 일이 힘에 겨운 시절이 있다. 그것이 시대에 편승해 수월하게 주류를 따라가는 길이 아니라면 가는 걸음은, 더 고되다. 그럴 때 뜻을 같이하며 함께 걸어갈 수 있는 벗이 있다면 그것은 삶에 힘이 되고 의지가 된다. 일제강점기 말, 어찌할 수 없는 시대적인 상황 속에서 조지훈은 경주에서 목월과 함께 했던 추억을 실어 「완화삼」이란 시를 지어 보낸다.

> "이 밤 자면 저 마을에 꽃은 지리라/ 다정하고 한 많음도 병인 양하여 달빛 아래 고요히 흔들리며 가노니"

그의 마음이 고스란히 담긴 시어들이 현실도피적인 서정을 담았다고 말하는 혹자도 있지만 타협하지 않는 지조를 간직한 채 떠도는 나그네로, 바람으로, 사랑했던 조국을 껴안았으리라. 그는 신록이 눈부신 어느 오월 구름에 달 가듯 떠났다. 나그네 긴 소매 꽃잎에 젖어 걷는 외씨버선길, 찬란한 슬픔들이 가만가만 앉아 피는 오월이 오고, 또 간다.

극락으로 가는 문과 누
- 부석사

높고 가파른 계단이 끝이 보이지 않는다. 고개를 낮추어 절 이름이 적힌 산문을 넘어 섰는데 다시 계단이다. 숨을 고르고 서서 여기저기 쉬어가는 관광객들이 붉은 단풍 아래 사진 찍는 모습을 본다. 가만히 살펴보니 나무 아래 취하는 포즈에 웃음이 난다. 단풍잎 달린 가지를 슬쩍 내려 잡고 손가락을 펼쳐 브이. 금빛 은행나무는 벌써 옷을 벗어 쭉 뻗은 가지살을 하늘로 펼쳐 올렸다. 보이지 않는 땅속의 뿌리가 흡사 저런 모양일까. 겨울나무는 꼭 벌을 받고 선 사람처럼 물구나무로 서있다.

분잡한 주말에는 주로 길을 나서지 않지만 사진 출사 모임 사람들과 시간을 맞추느라 이맘때 가장 인기 있는 장소인 영주 부석사를 찾았다. 화엄사상으로 국론을 통일

시키고자 의상대사가 창건한 부석사는 자연에 인간이 만든 건축물이 더해져 더없는 조화의 완벽함을 보여주는 절이다. 실은 절보다 가을이 되면 샛노랗게 익은 은행나무의 단풍 길이 더 그리웠지만 시간을 조금 놓친 모양이다.

기승전결이 있는 절이라고 요즘 핫한 tv 프로그램에서 누군가 하는 이야기를 들었다. 높고 가파른 계단을 계속 오르다 보면 숨이 차고 심장 박동수가 빨라지며 감정선이 상승한다는 것. 그렇게 보면 절 꼭대기에 다다랐을 때 펼쳐 보이는 풍경들은 더없이 감동스럽다고. 그런 논리가 아니더라도 부석사가 앉은 자리는 누가 보아도 가히 우리나라 최고다. 이름도 신령스러운 봉황산 중턱, 겹겹이 포개져 흐르는 소백산맥 능선이 절 아래로 엎드려 있으니 말이다.

네 번째 산문 그 마지막 계단인가 보다. 고개를 들어보니 문 사이로 석등 하나가 보인다. 끝으로 곱게 말아 올린 여덟 조각의 연꽃잎 위에 다소곳이 앉은 팔각석등. 사면에 새겨진 보살의 미소가 고개를 들어 숨 고르는 사람들을 반가이 맞는다. 깊고 푸른 하늘에 울긋불긋한 숲, 그 사이로 오래된 나무의 찬란한 빛깔, 무량수전이 돋보인다. 그 안의 서쪽으로 모셔진 아미타불도 좋고, 잘 알려진 배흘림기둥도 훌륭하지만 내가 부석사에서 가장 좋아하는 건축물은 따로 있다.

바로 무량수전과 마주보고 있는 안양루安養樓이다. 안양安養은 극락이란 뜻인데 아래에서 오르면 문이지만 올라서 보면 소백 연봉을 볼 수 있는 누각이다. '문과 누' 라는 두 가지 모습으로 완벽하고 당당하게 사람들을 압도한다. 들어서는 불이문과 돌아서서 보는 만세루의 형태를 합하였다. 마치 고된 길 위를 걷다 도달하는 선물 같은 풍경, 우리네 삶도 그러하면 좋겠다 싶다. 정면 세 칸, 측면 두 칸, 팔작 기와를 받친 나무로 짜 맞춘 모양새가 요즘 유행하는 말로 실화일까, 라는 말이 절로 나온다. 방랑 시인 김삿갓은 이렇게 안양루에 대한 사랑을 시로 지었다.

> "평생에 여가 없어 이름난 곳 못 왔더니/ 백발이 다된 오늘에야 안양루에 올랐구나/ 그림 같은 동산을 동남으로 벌려있고/ 천지는 부평 같아 밤낮으로 떠있구나/ 지나간 모든 일이 말 타고 달려오듯/ 우주 간에 내 한 몸이 오리마냥 헤엄치네/ 인간 백 세에 몇 번이나 이런 경관을 보겠는가…"

세상을 호령하듯 마치 왕처럼 앉아 있는 사찰이지만 이 부석사의 또 하나의 매력은 아련한 이야기를 품고 있다는 데 있다. 유학중이던 창건주 의상대사가 묵어가던 집의 딸, 선묘라는 여인이 그를 사랑해 몸을 바쳐 용이 되어 지켜주었다고 한다. 무량수전의 북서쪽 조그만 한 칸 그녀의 그림이 그려진 선묘각이 자리 잡고 있다. 눈으로 보이지는 않지만 절 마당 아래 석룡까지 확인되었다고 하니 뜬 돌 사이를 채우는 1300년을 흐르는 애틋한 사랑은 설화가 아니라 실화일지도 모르겠다.

자연의 여백을 들여와 하나의 건축이 되는 아름다운 부석사를 여러 번 다녔지만 아직 소백산맥의 능선을 타고 내리는 석양을 보지 못했다. 도포자락 휘날리며 굽이굽이 붉은 골을 타고 내리는 스님의 북소리도 여전히 남겨둔다. 그래, 남겨둔다. 이토록 아름다운 것은 두고두고 남겨두었다가 삶에 치여 흙투성이 무릎을 털면서 오거나, 더 이상 오를 것이 없어 사는 것이 시시해질 때 오만함을 주머니에 푹 찔러 넣고 오면 된다. 사과꽃향기 머무는 봄도 좋고, 은행잎 황금빛 주단 펼쳐 밟고 오르는 가을도 좋고, 천년을 거슬러 선묘각 가는 길에 하얀 발자국 내보는 어느 눈 오는 날은 더욱 좋고.

바람의 기억

- 경주 장항리 서 오층석탑

한적하다 못해 적막한 길이다. 굽이굽이 감아 돌아가는 도로 양 옆으로 드문드문 집들이 보인다. 페달을 밟아 속도를 늦춘다. 한없이 평화로워 보이는 마을을 차창 밖으로 바라보자니 혹여 빈집이 없나 자꾸 살펴보게 되는 건 몇 해쯤 전부터 그런 듯하다. 양팔 가득 무거워 보이는 짐을 든 허리 굽은 할머니. 태워다드릴까, 그러고 싶었지만 낯선 행성의 이방인이 고요하고 평화로운 질서를 흩트리지나 않을까 천천히 할머님을 앞서 지난다.

길은, 달을 품는다는 함월산을 따라 품은 달을 다시 토해낸다는 토함산의 동쪽 끝으로 이어진다. 달이 다니는 길. 해보다 달을 좋아하는 나는, 찾아가는 길 이름에 맘이 가득 차오른다. 천 년의 흔적을 찾아 쓸쓸한 폐사지를 찾아가는 길이 미치도록 환한 봄날이라니. 실은 그런 날을 염두에 두고 몇 날을 기다렸다. 입술 밖으로 내미는 순간 쓸쓸해지는 '폐사지' 란 단어를, 그곳을 진정 쓸쓸하게 보고 싶지 않아서인지도 모르겠다. 적군처럼 밀려든 연두가 세상을 점령했다. 다행이다. 영원한 진리, 자연 속에서 나는 작아져 사라지고 숲은 자라서 세상을 지킨다.

동해로 이어지는 대종천을 따라 깊은 계곡 사이로 저편에 두 탑이 그림처럼 서있다. 만나는 눈인사가, 먼 곳에서 서로 바라보는 것이 꽤 애틋하다. 첫 만남이라 더 두근거리는 이곳, 바로 경주 장항리 서 오층석탑이다. 언젠가 사진에서 한눈에 반해 언젠가는, 언젠가는, 하며 아껴둔 참이었다. 아니, 다녀온 뒤로도 감추어둘까 잠시 고민했던 곳.

계곡을 건너는 다리를 지나 모퉁이를 돌자 가파르게 오르는 계단이 보인다. 쏟아져 내리는 햇살의 향기일까, 가만 살펴보니 찔레꽃 하얀 송이송이 눈부시다. 들꽃 찔레가 언제부터 이곳에 피었는지는 모르지만 아주 아주 오래전부터 폐사지의 흔적을 함께 기억해주는 동지로 지켜 주는 듯 안도하는 고마움까지.

이 절의 이름은 없다. 지금 불리는 이름은 장항리라는

지명을 딴 것이고 말 그대로 오층석탑이다. 일제강점기에 도굴꾼들에게 파헤쳐져 폭파가 되었고 여기저기 흩어진 연석들을 쌓아 재건한 모습이다. 동서 쌍탑의 형태가 꼭 불국사의 석가탑과 다보탑처럼 다정하다. 키가 작지만 묵직한 마음씨 좋은 남자와 하얀 얼굴을 가진 단아한 여인, 동탑과 서탑, 두 탑이 꼭 부부처럼 보이기도 한다.

동탑은 1층에서 5층까지의 지붕돌과 탑신만 남아있지만 소박함에 더 눈길이 간다. 서탑은 조금 소실된 것을 말고는 거의 온전한 모습으로 보존되어 있다. 서탑의 기단부는 비교적 넓게 만들어져 안정감이 있으며, 네 모서리와 각 면의 가운데에 기둥을 본떠 조각했다. 탑신부는 몸돌과 지붕돌이 각각 하나의 돌로 이루어져 있으며, 1층 몸돌의 각 면마다 문을 지키고 서 있는 한 쌍의 금강역사를 조각해 놓았다. 지붕돌은 밑면에 5단씩의 받침을 두고 있고, 경사면은 얇고 평평하며 네 귀퉁이는 치켜 올려져 유려함이 돋보인다.

황량한 폐사지를 상상했지만 정갈하게 정돈된 절터와 탑은 당당하고 품위가 있다. 탑의 석축에 있는 눈을 부릅뜨고 성난 근육을 가진 인왕상仁王像까지 정교하고 섬세하며 예사가 아니다. 경주국립박물관 전 관장이 경주의 세

가지 보물을 얘기한 적이 있었는데 에밀레 종소리, 진평왕릉, 그리고 이곳, 장항리 서 오층석탑이었다는 글을 읽은 적이 있다. 그 말은 가히 의심의 여지가 없다. 계곡을 따라 이어지는 물길은 아버지의 뜻을 지켜낸 신문왕의 감은사지에 닿고 바닷길로 뻗어 문무대왕릉까지 이어진다.

서라벌의 너른 들에 놓인 그 무엇이 천 년 세월을 품지 않은 것이 있던가. 삶과 가장 가까운 곳에 죽음을 놓고 살아가는 경주를 수없이 다녔지만 올 때마다 그 느낌은 새롭고 경이롭다. 앉아서 한참을 바라보다가 멀찍이 서서 눈도 맞추어 본다. 품은 달을 내어주는 산기슭 외딴 곳에 낯익은 들꽃 향기 말고는 오래토록 아무도 아무도 오지 않았다.

누구도 기억하지 못하는 이름을 잃은 곳, 흔적이란 말은 아득하다. 그저 무심히 천 년의 봄을 지나 천한 번째 봄을 맞는 두 그루의 탑과 그 탑을 돌고 또 도는 한 여인이 있었다고 쓴다.

비밀의 숲
- 기장 아홉산 숲

비 그친 산등성이를 따라 운무 꽃이 피어오른다. 밤새 내린 장맛비 사이로 얼굴을 내민 산세의 깨끗하고 맑은 풍경, 바뀌어 가는 계절의 모습마다 마음을 이끄는 풍광이 있겠지만 여름 장맛비 잠시 그친 뒤 상쾌함 사이를 걷는다는 것은 눅눅한 시간을 말리는 선물 같은 시간이다.

그토록 날이 좋아 코끝이 상쾌한데 찾아가는 발걸음에 설렘까지 따라온다. 거친 바닷길을 따라 갈매기가 내는 하늘 길을 걷다 보면 만나게 되는 숲으로 가는 길. 짭조름한 소금내음 거친 공기를 감고 이름마저 신비스런 비밀의 숲, 아홉산 숲 가는 길이다.

부산 기장군 철마면 미동마을에 위치한 아홉산 숲은 개인 사유지로 남평 문씨 일족이 관리해 온 곳이다. 9대 손

손 400년을 지켜 이어지는 이 숲은 '지켜내다' 라는 말이 그저 그냥이 아니다. 임진왜란, 일제강점기, 해방과 전쟁 등 여러 어려움을 거치면서 정말로 지켜졌기 때문이다. 전해 내려오는 한 가지 일화로 일제강점기 온갖 침탈을 일삼아 마을로 들어온 일본군에게 귀한 숲의 나무들을 보호하기 위해 기지를 발휘했다. 놋그릇을 숨기는 척하다 들켜 관심을 돌리고 가지고 있던 제기와 그릇을 다 내어주며 조상들을 무슨 명목으로 보냐며 통곡하는 시늉을 해 숲을 들키지 않고 돌려보낼 수 있게 되었다 한다.

그렇게 지켜진 숲은 오랜 시간 동안 일반인에게 개방하지 않다가 2004년 '22세기를 위해 보존해야 할 아름다운 숲' 으로 산림청에서 지정된 후 2015년에 사람들에게 훼손이 되지 않는 최소한의 개방이 시작되었다.

입구를 따라 올라가다 보면 처음 만나게 되는 나무는 400년 금강송이다. 투터운 갑옷을 입고 불그스레 압도하며 하늘로 솟은 모습, 비밀의 숲 가는 길의 검문이 시작된다. 세계적으로 1200여 종이 있다는 대나무 중에 이곳에서 귀하게 만나 볼 수 있는 대나무가 여러 종이 있는데 둘레 20cm로 굵게 자라는 맹종죽과 거북이 등껍질처럼 생긴 구갑죽이다. 숲을 이루는 종은 주로 맹종죽인데 가운데에 신기하게 대나무가 나지 않아 영험하다고 여겨져 굿터가 되었다.

이제 막 새로 순을 일으키는 맹종죽은 하루에 1m씩 자라기도 한다니, 새순의 연둣빛과 100년의 짙은 갈빛이 잘 어우러져 있다. 우주선 모양의 베어낸 대나무들이 이륙하지 못한 채 땅속에 뿌리를 박고 착륙해 있는 모습도 군데군데 보인다.

많이 알려지지 않았지만 여러 영화의 촬영지에 등장할 만큼 매혹적인 숲속에 잠시 앉아본다. 푸드득 소리가 나서 눈길을 따라가니 손바닥만 한 두꺼비가 둔탁하게 걷고 있다. 등을 타고 흐르는 초록빛 댓잎 무늬 등을 가진 두꺼비, 그 무늬 옷을 입으려면 대체 몇 년을 이곳에 머무르고 있어야 하는 걸까.

서어나무, 층층나무, 홍송, 편백숲, 이름을 다 불러주지 못한 나무들 말고도 함께 공존하고 있는 길을 잃은 반딧불, 새들, 곤충들까지 눈을 맞추고서야 숲을 내려온다.

들어서는 입구에 자리하고 있는 '고사리조차 귀하게 여긴다'는 뜻의 관미헌觀薇軒은 산주 일가의 생활공간으로 지금까지 남아있다. 영남 지방에서 볼 수 있는 ㄱ형태의 집 모양이 그대로, 못을 쓰지 않고 건축된 재래식 정지(부업)와 폐사목을 사용한 온돌 구조가 특별함이다. 한때는 축사로 사용해 젖소의 우유를 보관하던 자연냉장고 지하 창고도 살펴볼 수 있다. 하루 묵힌 우유를 한 편의 버스로 실어 부산으로 보냈다니, 어느 독심가의 작고 아름다운 시작은 이렇듯 크고 영원한 숲으로 우리에게 돌아왔다.

두어 시간 숲을 산책하고 나오는 길, 세상의 주인은 누구이며 깃들어 잠시 세를 살고 가는 이들은 누구일까. 태어난 적도 없이 영원히 사라지지도 않을 오래 오래 사는 숲, 그 길을 함께 걷게 해주어서 안길 수 있는 다정한 품을 내어 주는 숲이 있어 지난한 사람들의 생의 길은 문득 다정하고 상냥하다. 거친 바람을 잠시 피하고 싶은 시간이 온다면 나는, 네게 다시 숲으로 가라 한다.

식물원 가는 길

- 포항 기청산 식물원

피아노의 경쾌한 스윙이 차창 밖 가을빛에 산란한다. 짙게 가라앉은 첼로를 잠시 접어 넣고 시냇물 소리를 닮은 바흐의 평균율 클라비어를 걸었다. 일렁이는 마음을 세울 때, 빨라지는 속도를 줄일 때, 답을 내지 못하는 물음을 받았을 때, 내게 그의 평균율은 귀로 듣는 성서다. 게다가 존 루이스의 재즈 연주라니, 오늘은 따분한 성서에 춤을 얹었다.

눈을 뜨고 잠에서 깨니 벌써 햇살이 가슴께 밀려 와있다. 다시 눈을 감고 잠시, 오늘은 할 일이 뭐지? 세상에나 아주 이토록 오랜만에 아무것도 하지 않아도 되는 아침이라니, 온전히 나의 모든 오감을 열어 숨 쉬게 해 줄 테야. 다시 눈을 떴다.

한가롭던 시간에는 늘 미루어 오다가 빈틈없는 시간이 오면 청개구리 엄마 그립듯 가고플까. 포항 기청산 식물원을 만나러 가는 길은 초행이지만 마치 몇 번을 간 듯하다. 그도 그런 것이 잘 아는 지인분이 오랫동안 그곳에 몸을 담았었다는 이야기도 들었고, 얼마 전 소개된 TV 다큐 프로그램을 보고 마음 먼저 보냈던 이유다.

뭉턱 뭉턱 두텁게 머무른 구름 사이로 푸른빛이 보이는데 빗방울이 앞 유리를 긋는다. 빠르고 불온하게 변화하는 요즘 기후에 차츰 적응한지라 나들잇길 비도 이젠 꽤 익숙한 동행자다.

지난 계절의 화양연화의 시간을 갈무리해 놓은 듯 울퉁불퉁 자목련의 열매가 크고 붉다. 그 아래로 여러 구절초의 얼굴이 화사하다. 인위적이지 않고 최대한 자연스러움을 간직한 식물원으로 만들어온 원장의 의지가 고스란히 담긴 꽃들의 다정하고 환한 낯빛이라니.

이 식물원은 나와 살아온 생의 길이가 비슷하다. 일흔 중반을 훌쩍 넘기신 원장의 이십 대 시절, 도서관 앞에 심겨져 있었던 나무를 좋아했는데 그 씨앗을 고향땅에 심으면서 숲이 조성되었다고 한다. 반백 년, 지금 내 키의 열 배 쯤 자란 거목이 되었다. 비처럼 낙엽이 떨어져 '낙우

송' 이란 이름을 가진 나무, 고개를 한참 들어 잎을 보고 있자니 연둣빛 물감이 내게 왈칵 쏟아진다. 나무 주위로 종유석처럼 여기저기 솟아난 뿌리는 이제까지 보지 못한 신비한 모습인데, 숨을 쉬기 위해 땅 위로 솟아난 호흡근이라고 한다. 말을 보태 표현하기가 힘든 경이로운 모습이다.

눈으로 보는 조경, 향기로 맡는 조경, 여러 형태의 작은 정원엔 수만 그루의 나무와 꽃이 있지만 이곳이 많은 이들에게 사랑받는 이유는 바로 그 조경 중 최고라는 '귀조경' 이라는 데 있다. 귀조경은 말 그대로 새들이 모여들어 살 수 있도록 만든 정원을 말한다.

텃새와 철새가 어우러져 수십 종 새들의 선율이 식물원을 나설 때까지 귓가에서 연주된다. 지휘자와 악보가 없는 자연의 평균율은 불협화음에 지친 사람의 귀를 치유한다. 낮은 소리, 높은 목청, 짧은 울음, 긴 웃음, 눈을 감고 벤치에 잠시 앉았다. 내 안의 검은 숨을 후후, 핏줄기를 타고 도는 새소리들, 나도 잠시 새가 된다.

가을 꽃 몇 종을 남기고 지난 계절 꽃으로 화려한 시절을 보낸 수만 종의 야생화는 지금 작고 여린 잎으로 땅에 바싹 엎드려 있다. 돌아가야 할 곳으로 몸을 기울인 모습은 애잔하지만 경건하며 질서가 있다. 여러 테마로 정리된 수십 군데의 정원으로 발걸음을 옮기는 오솔길 아래로 층층이 쌓인 잎들, 오래되어 검은 것들은 맨 아래 알토의 묵직함으로 받치고 갓 떨어져 사뿐히 앉은 잎은 소프라노로 사각거린다.

"이 나무 이파리 접어서 향기 좀 맡아봐." 투박하고 정감 있게 생긴 엄마 손 모양의 이파리 하나를 그에게 건넸다 "흠흠. 이게 무슨 향이지. 사과 같기도 하고 복숭아 샴페인 같기도 하고." "풍향수라는 나무야, 수만 년 전부터 이곳에서 살아왔던 바람의 향기를 담은 나무." 외투 주머니에 몇 잎을 쏘옥 넣고 꼼지락거렸다. 손가락 사이로 휘휘 바람이 인다.

유난히 길고 긴 터널이 많았던 고속도로에서 내려와 집 주차장에 차를 세웠다. 처음부터 이곳은 비가 오지 않았던 모양이다. 둥글고 평온한 가을 오후의 빛이 아직 남았고, 평균율의 마지막 14번째 트랙의 연주도 남았다. 시동을 켠 채 잠시 앉았다. 어디서 들리는 새소리일까, 가을의 찬란한 울음이 깊어 간다.

암해에 내리는 Secret Sunshine
- 밀양 만어사

수만 마리의 물고기가 운해 사이를 가르며 산으로 오른다. 어산불영魚山佛影 부처의 그림자도 사라지는 먹구름이 잔뜩 끼인 날, 검은 물고기 떼 등 위로 가을비가 내리친다. 얼마간 건조해 부석거리던 몸 마음 감물 같은 비를 환호하는 고기들의 몸짓이 힘차다.

높고 깊은 산으로 둘러싸인 밀양密陽은 한자로 빼곡한 밀을 쓰지만 '비밀의 볕(Secret Sunshine)'으로 번역되어 만들어진 영화도 있듯 신비스러운 이미지가 연상되는 곳이기도 하다. 나라가 어려울 때 땀을 흘리는 표충사의 비석이 있어 그렇고, 여름에도 얼음이 어는 계곡 얼음골, 그리고 종소리가 나는 수만 암괴들이 바다를 이루는 웅장한 풍경을 가진 만어사가 있어 더욱 그렇다.

어느 봄날 매화꽃 향기 따라 여행하던 날이었다. 낙조가 물든 낙동강 삼랑진 철교를 따라 거슬러 오르다 우연히 들르게 된 절이 있었는데 사찰의 풍광이 너무도 인상적이고 신령스러웠다. 암해, 비가 내리는 날 물속을 헤엄치는 검은 물고기들의 모습을 꼭 다시 봐야지 하는 마음으로 일부러 기다리고 있던 터였다.

만어사로 오를 수 있는 길은 여러 군데다. 지난번과는 달리 이번에는 밀양 단양면 고개를 넘어본 것인데 감추어진 아름다운 한 마을의 모습에 여러 번 발길을 멈추었다. 자고 나면 짙어지는 황금빛, 켜켜이 계단으로 다랑이 논이 멋스러운 감물 마을이라고 한다. 물이 달아 감물이라는 마을이 연화봉 아래 동화처럼 안겨 있다. 전망 좋은 곳에 찻집이 하나 있어 내려오는 길 들러야지 하고 눈에 담아두었다.

포장되지 않은 흙길이라는 것만으로도 귀해진 요즘, 물기 머금은 소나무 향까지 오감이 상쾌하다. 돌고 돌아 구비 구비 나의 여행길은 목적지가 반이고 가는 길 위가 반이다. 아니 그 가는 길에 이렇듯 선물 같은 덤을 받는다면 더는 바라지도 않으니 길 위가 전부인 셈인지도 모르겠다. 가파른 고갯길을 헤쳐 눈앞에 검은 고기 떼가 보이기 시작한다.

설명할 수 없는 불가사의한 일이 일어나는 곳이 그렇듯 만어사萬魚寺도 많은 설화와 기록을 가지고 있다. 동해 용왕이 아들의 수명이 다한 것을 알고 무척산無隻山의 신승神僧을 찾아가서 새로 살 곳을 부탁하였는데 신승은 가다가 멈추는 곳이 왕자가 머물 터라고 알려주었다. 왕자가 길을 떠나자 바닷속 함께 살던 고기 떼가 그의 뒤를 따른 것이었다. 인연이 닿아 이곳에 머물게 되었고 왕자는 큰 미륵돌로 변하였다. 따르던 고기들은 크고 작은 화석으로 굳어진 지금의 만어사를 『동국여지승람』과 『택리지』는 전하고 있다.

그것 말고도 만어사는 45년 가락국 수로왕이 창건을 하고 일연의 흔적이 담긴 삼국유사의 어산불영 설화를 담고 있는 절이기도 하다. 고래만 한 수만 마리의 물고기 떼가, 땅에서부터 수백 미터 절까지 머리를 들고 오르는 모습을 실제 본다면 그 어떤 전해져 내려오는 이야기들은 다 초라해지고 말지만 설명할 수 없다는 것, 증명할 수 없다는 것, 그런 보이지 않는 힘에 기대어 인간은 두 손을 모은다, 신성이란 단어로.

검은 돌 위에 한 점으로 서서 겹겹 두른 산 아래를 바라보는 사람, 고개 숙여 어찌할 수 없는 무언가를 염원하는 이, 작은 돌을 손에 쥐고 큰 바위를 두드리며 경쾌한 종소리에 귀 기울이는 사람, 천년을 이어 드리워진 수많은 이들의 바람에 나도 먼지 한 톨 얹으며 후후 숨을 내쉬어 본다.

얼마 전 일본의 한 국보에 한국 사람이 이름을 새겨놓은 것이 인터넷에 알려지면서 세계인의 눈총을 받은 일이 있었는데, 안타깝게 이곳에도 그런 인간의 욕망은 쉬이 찾아볼 수 있다. 신성한 바위에 커다랗게 새겨진 이름들이 곳곳에 눈에 띈다. 사찰에서는 대를 이어 저주를 받으니 이름을 새기지 말라는 경고문까지 붙였다. 성과 속의 경계, 수천 년을 수만 년을 내리는 비라면 씻겨질까.

"어서 오세요, 고운 분들이 오셨네요." 오르던 길목에 봐두었던 찻집에 앉았다. 한적하고 고요한 산마을, 노랗게 익어가는 다랑이 논과 잘 어울리는 보랏빛 도라지꽃차를 주문했다. 쑥차까지 덤으로 그득하게 담아내는 여인의 미소처럼 날이 개이고, 산 고개에 무지개가 걸렸다. 빼곡히 채우는 빛 좋은 밀양, 그제야 나는 두 손을 모으고 마음에 두었던 무언가를 빌었다.

이 분위기 좀 봐, 좀 좋아

- 경주 진평왕릉

꽃잎이 지길 몇 날을 기다렸다. 밤늦도록 비긋는 소리, 아침이 되면 그곳에 가야지 생각하며 스르르 잠이 들었다. 이맘때면 검고 거친 가지를 비집고 춤추는 들녘의 연둣빛 몸짓이 그리웠기 때문이다. 햇빛에 농익어 짙고 두터워진 초록 말고, 여리디여린 다정한 새순. 한껏 물을 들이켜고, 접어 구겼던 몸을 펼친 앞산의 빛깔이 어제와 또 다른 세상이다. 서라벌 들판으로 향했다.

일이 있어 며칠 전 우연히 지나다가 하얀 면사포를 쓰고 반기던 벚꽃 가로수 길에서 꼼짝없이 갇혔었다. 차가 많았을까 사람이 많았을까, 그 와중에도 과연 명불허전의 경주 벚꽃, 열흘을 채 버티지 못하고 마지막 꽃잎까지 떨쳐 내고서 잔치는 끝이 났다. 너무도 짧은 화양연화, 다시 찾은 며칠 사이 가지 끝 붉은 새잎으로 갈아입은 벚나무의 도열이 낯설고도 애잔하다.

북적이는 큰길을 조금 벗어나 농로를 들어섰다. 금세 한갓지고 너른 들판이 시야를 채운다. 갑옷을 입은 수문장들 사이로 온화하게 앉아 반기는 왕의 무덤, 봉분이 햇살을 받아 화사한 오후 두 시의 풍경이 여유롭다. 멀리서 바라보는 정취에 마음이 먼저 고요해지는 진평왕릉에 도착했다.

신라의 왕릉은 흔히 나지막한 산 주위에 자리하며 소나무로 대부분 둘러싸여 있다. 제26대 왕인 진평왕은 54년이라는 긴 통치 기간이 있었고 삼국통일의 기반을 마련한 왕이다. 광활한 보문 들판에 황량하기 그지없이 홀로 둥그렇게 놓인 왕릉, 그의 지위나 명성에 비해 다소 소박하다고 느껴진다.

무덤의 외부 모습은 흙으로 덮은 둥근 봉토분이고 둘레로 몇 개의 자연 석렬石列만 남아 있다. 보통 현존하는 왕들의 무덤 주위로 십이지상을 장식하였던지 거대한 석조물로 주위를 에워싼 모습과 비교가 된다. 그래서 더 마음이 가는 소박한 왕릉이기도 하다.

사람들에게 잘 알려지지 않았던 진평왕릉은 경주 박물

관장을 지낸 소불 정양모 선생과 유홍준 교수와의 일화에서 조금씩 유명세를 치르기 시작했다. 소불 선생이 유홍준 교수에게 신라의 품격 세 가지를 일러주었는데 그중 한 가지가 이 진평왕릉이었다. 유홍준 교수는 그 말을 들은 후 계절마다, 시간마다 여러 차례 들렀지만 도무지 그 천년의 품격이라는 느낌이 좀처럼 들지 않았다. 힌트를 얻지 않을까, 어느 날 소불 선생과 함께 직접 동행해서 겨우 듣게 된 것은 "이 분위기 좀 봐, 좀 좋아." 한마디였다. 눈에 보이는 유형의 역사적 가치만을 좇던 사람들에게 그 '분위기' 란 말은 쉽게 다가오지 않는 단어이기도 했을 것이다.

그 '분위기' 라는 말에 매혹되어 이후 나도 자주 들르는 곳이 되었다. 혹여 누군가와 동행하게 되면 "느낌 어때?" 라고 꼭 묻곤 하는데 대답들이 저마다 참 다양하다. 이른 아침 이슬을 머금은 청량한 시간을 좋아하는 사람, 황금빛으로 물든 들녘의 늦가을을 최고로 치는 사람, 왕 버드나무 초록 잎 흩날리는 팔월을 그리워하는 이, 저마다 제각각의 취향에서 그 사람의 취향과 결을 읽을 수 있다는 것도 흥미로운 일이다.

나는 사월의 진평왕릉을 좋아한다. 하얀 강아지 꼬리

살랑거리는 조팝나무 꽃이 도열한 입구, 바람이 불면 향기는 덤이다. 꽃 담장 너머엔 아름드리 느티나무가 아직 잎을 틔우지 못한 검은 가지를 비틀며 하늘에 붓칠을 해댄다. 촘촘하게 땅 위에 수를 놓은 노란 민들레, 너무 곧게 뻗어 서늘한 미루나무는 저만치서 멀뚱거리고, 봉분을 향해 선 키 작은 소나무는 운치를 더한다. 조금 이르게 다녀간 한 삶과 새로 움트는 생, 높은 것과 낮은 것, 빠르고 느린 것의 어우러짐이 조화로운 사월의 뜨락은 단정한 품격이 있다.

이번에 동행한 지인은 진평왕릉이 처음이었는데 느낌이 어떠냐는 어김없는 질문을 해보았다. 보름달이 뜨는 오월의 해거름에 노을 앞에 돗자리를 펼치고 소풍 오면 딱 좋겠다는 그. 벌써 몇몇 좋은 이들의 얼굴이 맘에 달 뜬 듯 환하게 떠오르고, 누군가 나지막이 읊조리는 소리 다정하다.

"이 분위기 좀 봐, 좀 좋아."

하늘의 소리를 듣는 곳
- 순천 매산등

오랜 시간 마음에 그리던 곳을 찾았다. '하늘의 소리를 듣는 곳' 이라는 뜻을 가지고 있는 순천은 이름 그대로 한국의 기독교 100여 년 역사를 고스란히 간직하고 있는 곳이다. 그 순천의 매산등에 지인분의 아버님이신 안기창 목사님 댁과 기독교역사박물관이 있다.

김정호의 대동여지도처럼 60년 동안 직접 발로 시골 농어촌 구석구석 전국을 돌아다니며 5000여 곳의 교회 개척지를 찾아 지도를 만드신 산증인이시기도 하다. 한 번 찾아 뵈어야지 하다 때를 놓치고 안타깝게도 작년 95세로 목사님께서 타계하셨다. 작은 섬마을에 첫 부임하시고 육지로 나와 자리 잡은 매산등은 기독교의 성지로 우리나라 선교의 무구한 역사가 그대로 어린 곳이다.

불교와 유교의 전통을 중시했던 우리나라에 18세기 가톨릭이 먼저 들어왔고 그 후 백 년 뒤 19세기 후반 기독교가 들어왔다. 병원과 학교를 짓는 선교로 사람들의 생활에 자연스레 파고들었던 기독교, 지금은 우리나라 인구 1300만 명이 크리스찬이라고 한다. 무신론자로 이제껏 살아 온 나도 최근 교회와 인연이 닿아 종교라는 것을 가지게 되었다. 내가 사는 곳에서 종교는 어떻게 시작되었을까, 궁금증이 이번 여행길의 발걸음을 부추기기도 했다.

빛 좋은 남향, 산자락으로 포근하게 내려앉은 집, 대문 안쪽으로 층층이 오래된 정원수들이 빼곡히 채워져 있다. 오솔길 소담하게 오르고 내리는 길가로 나보다 나이가 훨씬 많을 나무들의 안온함이 그대로 느껴진다. 선교사들이 외국에서 가지고 온 씨앗이 나무가 되어 열매가 맺어져 있기도 하고, 새들이 물어다 놓은 씨앗이 꽃을 피우기도 한다. 씨앗이 열매가 되는 정원. 하나 거스름 없이 껴안으며 사시는, 이제껏 두 분이 이곳에서 어떤 삶을 사셨는지 고스란히 전해지는 집이다.

연분홍 접시꽃 사이로 꼿꼿하게 걸어내려 오셔서 꽃보다 더 환한 미소로 맞이해 주시는 분. 안기창 목사님은 돌아가셨지만 병원 간호사로 처녀 시절 만나 지금까지 매산

등을 지키시는 부인 박월심 여사이시다.

"이건 무엇처럼 보이나요?" 틈틈이 잘 다듬어 형태가 오목조목 멋진 나무를 자랑하신다. "잉꼬 같아요, 잉꼬, 잉꼬 정원이잖아요, 하하." 두 부부의 정원은 얼마 전 순천시에서 관광명소로 안내해 "잉꼬정원"이라는 이름을 달고 개방을 하게 되었다고 하신다. 홀로 지키시니 오고 가는 사람들을 환대해 주시는 마음은 오랜 전 목사의 부인으로 말없는 수십 년의 내조, 그대로 온화하고 말씀이 고우시다.

바로 옆, 기독교역사박물관으로 자리를 옮겼다. 입구에 십자가 모양이라 예수의 십자가를 만들었다는 전설을 가진 산딸나무. 순백의 하얀 꽃, 고개 들어 한참 들여다보니 햇빛 사이로 별이 반짝인다.

박물관 한편에는 성가가 흘러나올 것만 같은 오래된 풍금이 있고, 선교사들이 처음 한국에 들어올 때 짐을 넣어 왔던 낡은 가죽 짐 가방, 편지, 생활용품들이 보인다. 선교사로 벌써 4대째 활동하고 있는 명문가 유진 벨 가문의 선교 역사도 살펴볼 수 있다. 그리고 그 옆 조선 말기 예배당 모습이 특이하다. 설교단이 가운데 놓여있고 오른쪽엔 남자, 왼쪽에 여자들이 따로 예배를 보고 가운데는 커튼이 드리워져 있다. 남녀가 유별했을 시절에 새로운 것을 받아들인다는 것, 얼마나 많은 위험과 핍박과 땀이 있었을까. 종교가 아닌 서양학문으로 먼저 시작된 기독교를 객관적으로 바라볼 수 있는 자료들이다.

이곳 저곳 안내를 해주시는 지인분은 안기창 목사님의 따님이시다. 태평양 건너 먼 타국에 살고 있다. 아버님이 돌아가시고 어머님 혼자 계신 것이 못내 안타까워 한국을 찾는 발걸음이 잦다. 살기 좋은 곳, 화려하고 편리한 곳을 두고 시골의 조용한 마을을 내내 그리워하는 것은 우리 모든 자식들의 마음이리라. 그런 자식들을 위해 노모는 정성을 다해 성경을 필사해 오셨다. 8남매, 자식들에게 필사한 성경을 한 권씩 선물하시는 것이다. 수십 년 동안 써 오신 책이 여섯 권은 완성되어 주인을 찾아갔고 아직 두 권이 더 남았다 하신다. 이승에 남겨진 시간 동안 다 완성하고 가야 하는데 점점 어두워지고 침침해진 눈으로 더디기만 한.

홀로 기도하는 마음으로 꾹꾹 눌러쓰는 글은 핏빛일까. 예수의 모습으로 마리아의 모습으로 신의 모습으로 단정히 앉아 성지를 지키는 어머니. 달 같은 마음 월심, 우리 모두의 어머니 월심 여사가 순천 매산등에 살고 계신다.

겨울에 피는 꽃이 있다

- 덕유산 덕유평전

겨울에 피는 꽃이 있다. 따뜻한 기온의 남쪽 나라에서라면 동백이 피고 한란이 향기를 더하겠지만, 잎이 마르고 뿌리가 생장을 멈추는 혹한에 어떻게 꽃을 피우는 것일까. 그 꽃은 오히려 기온이 따뜻해지기라도 하면 금세 지고서 사라져버린다. 바람이 불지 않는 곳에서는 위로 가만히 가만히 피어오르고 세찬 바람에는 바람의 결을 따라 꽃을 피우며 자란다.

개나리는 노란색이고 장미가 붉은 색이라면, 아니 파란 장미도 보았지만 이 꽃의 색깔은 변절 없는 오로지 하얀색이다. 인간이 조합해서는 결코 만들어 낼 수 없는 무채색의 백색 꽃, 바로 바람과 눈이 만들어 피워내는 설화雪花다. 그러니까 설화에게 봄은, 꽃 피는 봄이 아니라 꽃이

지는 봄이 된다.

봄, 여름, 가을, 겨울이 지나고 꽃 피는 봄을 기다리던 늦은 겨울에 느닷없이 바이러스가 찾아왔다. 꽃은 피었고 태양이 작열하고 찬란한 단풍으로 잎이 지고 그렇게 사계가 오고 갔지만 모두에게 얼어붙은 마음은 온통 겨울로 채워져 있다. 환한 빛 쏟아지던 따스한 햇살이 기억나지 않는다. 끝날 것 같지 않은 이 긴 겨울, 빼앗긴 들에도 봄이 찾아온다는 한 줄 글에 의지해 다만 견디며 침묵하고 기다리는 얼음 칼날 같은 일상이다.

12월 한 해의 마지막 달이 되자 마음이 조여 온다. 출발선에서 한 발짝도 떼지 못하고 허무하게 경기가 끝이 나 버린 것 같은 무력감과 초조함이다. 팬데믹으로 카페 영업규제가 시작되면서 매출이 줄어 마이너스 경영에 들어간 지 수개월이지만 혼자 '악' 소리를 내기에는 견디고 있는 사람들이 너무 많다. 꽃이 피는 봄이 되면 다시 새롭게 다가오는 것들을 생각해 보며 몸을 일으켜야지.

취미가 뭐예요? 하고 물었을 때 등산이라고 대답하는 사람을 보면 뭔가가 달라 보인다. 그것도 관광처럼 여럿이 뭉쳐 다니는 것 말고 혼자 등산을 하는 사람을 보면 더 특별하다. 누가 시키지도 않은 그 힘든 등산이 여가를 즐기는 취미인가 말이다. 그러고 보면 세상에는 산을 오르는 사람과 고행길의 산을 왜 굳이 오르는지 모르겠다며 근처도 안 가는 사람, 두 부류가 있는 듯하다. 한참을 가지 못했던 등산, 요즘 갑자기 산을 오르는 일이 좋아졌다.

산 하나를 오르면서 한 사람을 생각한다는 시인의 글을 읽은 적이 있다. 고개를 숙이고 땅을 바라보며 한 발 한 발 내딛는 모습을 보자면 한 가지씩 고민을 안고 오르는 수행자 같아 보이는 등산. 그 힘들고 고된 길을 걸을 때 떠오르는 한 사람이 어쩌면 포기하지 않고 정상을 내딛게 하는 힘이 될 테지. 발이 눈 속에 푹푹 빠지고 칼바람에 시야조차 잃고 걷던 지난 어느 날을 생각해 본다. 나는 버려야 할 것이 있었고 다녀온 후 마음이 한결 편해졌다.

나에게 등산은 절대 풀리지 않는 문제의 해답이 머릿속을 맴돌거나 살면서 소소한 죄가 쌓여 고해성사가 필요할 때, 움츠리고 가두었던 몸이 도저히는 못 견뎌 하며 기지개를 켤 때 주로 가게 된다. 세 가지가 다 겹쳤으니 실로 오랜만에 배낭을 챙겨야 하는 시간이 왔다. 생각만 해도 무게가 덜어지는 느낌이라니, 아름다운 설산에 가서 하얀 눈이 피워내는 꽃을 보고 와야지.

시간을 많이 낼 수가 없는 형편이기도 하고 비대면의

거리두기에 다니는 것이 부담이 되어 며칠 동안 장소를 물색했다. 왕복으로 당일 여정이 가능해야 하고 그렇게 험하지 않으며 아름다운 풍광까지 볼 수 있다면 금상첨화이니 알아본 여러 산 중에 상고대가 멋진 덕유산으로 정했다. 두어 번 가본 적이 있지만 정상에서의 바람과 추위에 얼마 머물지 못하고 내려온 기억이 있다.

경상남도의 거창과 함양, 전라북도의 장수와 무주에 방대하게 펼쳐 있는 덕유산은 국립공원이다. 1,614m의 주봉인 향적봉은 우리나라에서 4번째로 높고 무주구천동에서 시작해 경상도와 전라도 경계를 가르는 험한 육십령 고개까지 종주코스는 산악인들에게 길고 험하지만 사계절 사랑받는 절경의 종주코스로 사랑을 받고 있다.

주봉, 백암봉, 동엽령, 무룡산, 삿갓봉, 남덕유산까지 산맥을 이루는 덕유산은 오르고 내리는 길도 다양하고 경관도 다채로워서 자신에게 맞는 코스를 정하면 된다. 종주를 하자면 수일도 걸리겠지만 하루 만에도 코스를 잘 선택하면 아름다운 덕유산의 정취를 느끼는 것에 모자람이 없다. 하지만 해발이 높아서 정상 부근에서는 머무는 구름 때문에 거의 눈바람이 휘몰아치고 맑은 하늘을 잘 볼 수 없다는 불온한 일기가 있으니 기대치를 낮추고 그곳에서 펼쳐질 여러 상황들에 대해 설렘을 가질 것. 예측이 불가능하다는 것은 스러진 몸과 맘을 일으킬 만큼 매혹적이지 않은가.

덕유산 코스 중에서도 눈꽃이 가장 아름답고 산세가 부드러우며 천 년의 주목들이 펼쳐져 있는 덕유평전을 선택했다. 설천봉에서 향적봉, 주봉, 동엽령으로 이어지는 덕유평전을 sns에 올라온 정보나 사진을 검색하고 날씨 앱에 실시간으로 볼 수 있는 CCTV를 확인했다. 모처럼 가는 설산 산행에 동상은 걸리지 않아야지, 챙길 것들이 많았다.

덕유산의 주봉인 향적봉으로 가는 최단거리는 곤돌라를 이용하는 것이다. 스키장이 영업을 중단해서 그나마 덜 혼잡하다고는 하지만 주말이면 많은 인파가 몰린다. 조금 이르게 시간대를 조절하면 혼잡을 피할 수 있고 대체로 거리두기, 안전수칙을 잘 지켜 이용하고 있는 모습이다. 곤돌라가 하차하는 설천봉에서 주봉인 향적봉까지는 사람들이 가장 많이 몰리는 구간이다. 한적한 등산은 이 구간을 빨리 벗어나야 한다. 여기저기 설원에서 뛰어놀며 눈장난을 하는 아이들의 모습이 짠하다. 갇혀있던 웃음소리도 눈밭을 뒹군다.

향적봉을 지나 주봉에서 동엽령으로 이어지는 덕유평전에는 눈바람이 세차다. 대피소는 간단한 취사와 몇 가지 간식만 팔고 폐쇄되었다. 한 걸음도 이어 걸을 수 없을 만큼 힘든 구간도 있지만 언제 그랬냐는 듯 다시 고요하게 잦아드는 바람, 무거운 눈을 이고도 꼿꼿하게 버티는 구상나무와 할퀸 상처 그대로 천 년을 버티고 선 주목 나무들은 언제 봐도 경이롭다.

눈꽃 아래 눈밭에 자리를 펴고 앉았다. 집에서 가져온 텀블러에 담긴 커피는 싸늘하게 식었지만 향기는 여전하다. 온통 백색인 세상 속에 잠시의 휴식이 저 아래 여전히 펼쳐지고 있을 잠시 떠나온 세상을 잊게 한다. 천국이라는 말은 이럴 때 쓰는 말이던가. 겨울 설국은 이제 놓치지 않아야겠다는 생각을 해본다. 사는 데 무엇이 중요하고 중요하지 않은지를 떠나오지 않으면 늘 잊게 된다.

저산대와 고산대 사이 해발 1500m에서 2500m를 아고산대라고 부른다. 눈이 많이 오고 바람이 세차며 기온이 낮아 키가 큰 나무들이 자랄 수 없는 지역이다. 덕유평전에서는 이 아고산대 식물들이 널리 분포되어 있는데 주로 조릿대나 진달래, 철쭉, 원추리! 산오이풀 등이다. 지금은 겨울이라 야생화는 볼 수 없지만 빳빳하게 몸을 낮추고 마치 담금질을 하고 있는 듯 조릿대 잎들이 눈옷을 입었다. 차면 찰수록 더 단단해지는 생명력이라니, 바람이 세차고 기온이 떨어지는 곳에서 식물들은 키를 낮추고 엎드린다. 그렇게 낮고 둥그런 모양으로 이어지는 길게 뻗은 산맥은 마치 아기를 감싸고 엎드린 어미 짐승의 등 같기도 하다. 그런 산세가 '덕유德裕'라는 선한 이름을 만들지 않았을까. 눈바람이 세차 시야가 흐렸지만 고달팠던 한 해의 시름이 덜어내지는 듯하다.

하루 중 어둠이 가장 길다는 동지가 지나고 해가 조금씩 길게 머문다. 얼어붙은 몸과 마음에도 빛이 깃들고 있다. 여전히 끝이 보일 것 같지 않은 바이러스와의 전쟁이 이어지고 있지만 봄은 오고 꽃이 필 것이다. 그때가 오면 푸르름을 잃지 않고 어깨를 기대 칼바람을 버티는 조릿대 숲을 떠올릴 테고, 혹한에 피어올랐던 찬란한 은빛 설화를 그리워할 것이다. 다시 천 년의 역사를 그리며 항상 그 자리에서 인간을 품어 주는 덕유여, 영원하여라.

달을 품은 절

- 경주 함월산 골굴사

겨울에 태어난 아이라 하여 '동아'라 불리던 개가 있었다. 이십여 년 전 우연히 넘은 어느 절의 산문, 그곳에 마음이 머물렀던 것은 느릿느릿 걸음으로 경내를 안내하는 한 견공 때문이었다. 사람이 다니는 길 한복판에 배를 누이고 오가는 이 누구신가, 인기척도 않고 무심하던 순한 눈빛. 다른 진도견과 달리 가축이나 산짐승을 해치지 않으며, 사는 동안 한 번도 새벽 예불을 거르지 않아 동아보살이라 불리던 동아는 세상을 떠난 지 오래다.

늦가을 켜켜이 쌓인 낙엽이 바람에 뒹구르르, 오랜만에 발걸음한 그곳에 온화한 가을 햇살을 베고 누워 잠이 든 동아를 꼭 닮은 아이가 있다. 오가는 사람과 차에 무심하고 순한 눈빛이 꼭 닮았으니 동아의 아들인가도 싶다.

겸재 정선의 골굴 석굴도에 그려진 함월산 자락 골굴사이다. 원효 대사의 마지막 열반지이자 국내에 드문 석굴사원. 골굴사는 불교문화가 한창 번창하던 6세기 경, 인도에서 온 광유성인光有聖人 일행이 함월산 중턱의 암반에 마애여래불을 조각하고, 열두 개의 석굴을 파서 가람을 조성한 유일산 석굴사원으로, 한국의 뜬황석굴[敦煌石窟]이라고도 불리는 절이다.

선무도로 몸, 마음의 수련을 하고자 내외국인이 가장 많이 찾는 한국의 소림사 골굴사는 하루에 두 번, 찾는 이들을 위해 선무도 공연을 한다. 지나는 새도 짐승도 소리를 죽이고 몸을 낮춰 지나야 할 것만 같은 경내에서 공연이라니 생소하지만 수행에도 여러 형태가 있듯 골굴사 만의 특별한 매력이 여기에 있다.

선무도는 우리에게도 널리 알려진 요가나 명상을 아우르는 관법수행법이다. 깨달음으로 가는 길은 여러 갈래겠지만 하나로 이어진다. 인도에서 오랫동안 이어져 내려오는 수행법으로서 참선의 시조 격이며 남녀노소 누구나 쉽게 배워 익힐 수 있는 수련이다. 힘 있게 드러내며 함께하는 수행법. 오후 공연을 관람했다.

멈춘 듯 움직이는 부드러운 몸짓, 순간 칼날 같은 날카로움을 만들어 내는 눈빛, 깊고 고요함 속에 들리는 몸의 말은 달의 기운을 품는다는 함월산을 호령할 만큼 힘이 느껴진다. 공연을 보는 내내 불꽃 이는 그들의 눈빛에 매료되었다.

그 뒤로 급경사의 계단을 밟고 묶어진 밧줄을 잡고 꼭대기에 이르면 거대한 바위에 새겨진 마애여래좌상을 만난다. 골굴사에서 가장 아름다운 것은 바로 높은 응회암 돌을 깎아서 만든 마애석불이다. 암벽의 꼭대기에 조각한 이 여래좌상은 폭이 2.2m, 높이가 4m로 보물 제581호로 지정돼 있다. 모래 성분이 많이 함유된 암석에 새긴 것이기도 하고 세월의 비바람에 고스란히 풍화되어 지금은 지붕을 씌워놓았다.

동해를 향한 온화한 천년의 미소, 마애여래불상의 정靜과 선무도의 동動은 서로 다른 하나이면서 세상을 움직이는 가장 큰 무기가 아닐까 한다.

'다음 생은 꼭 사람으로 환생하여 골굴사에 출가하는 인과를 간절히 바란다' 공덕을 많이 세우고 별이 된 동아를 축원하는 주지스님 글이 담긴 비가 보인다. 그런데 동아의 기제사 날을 자세히 보니 내 생일과 같은 날이다. 생과 사의 우연의 연이 신기하다. 동아는 정말 사람으로 다시 태어났을까. 차면 덜어내고 비워지면 채워지는 것은 진리의 달, 그 달을 품은 함월산 골굴사의 경전에도 그렇게 쓰여 있을까.

내려오는 길, 저만치서 땀을 뻘뻘 흘리며 배낭 한가득 짐을 지고 오는 파란 눈의 이방인. 어느 먼 나라에서 이 골짜기까지 버스를 타고 온 것일까. 그녀의 눈빛이 아까 보았던 수련인들의 눈빛과 꼭 닮았다. 생의 무게를 흔쾌히 견디며 예를 다하는 삶들이다. 찬란하고 거룩한 소멸, 가을이 그러하듯.

경이로운 숲의 이야기

- 평창 대관령

나는 신의 존재를 믿은 적이 없는 사람인데, 이곳 숲에 들어오면서 신의 존재를 느꼈어.

신이 없다면 어느 누군가가 이토록 경이로운 숲의 이야기를 만들어 낼 수 있을까, 하는 마음으로 대관령 숲에 첫발을 들였을 때 그녀가 나지막이 읊조렸다. 아직 햇살이 닿지 않은 이른 아침, 몇 해를 지나며 떨어졌을 낙엽들이 켜켜이 이슬에 젖어 그지없이 부드럽다. 그 땅 위로, 길게 솟은 나무에 매달린 가지들은 붉고 붉은 춤이 애달프다. 애달프다는 말은 빛을 받고 화려하게 치장한 무희의 춤에 대한 형용사로는 어울리지 않지만, 한때의 우리이기도 하고, 지금의 우리이기도 해서 나는 애달프다.

대관령 산꼭대기에서 선자령 넘어가는 깊은 골에 위치

한 성황사로 들어서자 그 붉은 기운에 압도되어 한참을 멍하니 서 있었다. 겨울이 길고 깊은 대관령 시월의 끝자락이지만 연일 봄날처럼 포근한 가을이 아직은 한참 남았을 거라는 느슨한 생각에 신은 여지없이 나의 몽환을 깨운다. 며칠 사이 깊고 짙어진 추색은 눈으로 담기에도 너무나 찬란했다.

신령스런 기운에 조심스레 발자국을 떼보는데, 이방인이 들어서자 까마귀 몇 마리들이 이리저리 자리를 옮기며 부산스럽다. 그들만의 언어로 짧게 혹은 길게 무언가 이야기를 주고받는다. 어떻게 왔느냐고 내게 묻는 말 같기도 하고, 저 사람은 어떤 기도를 안고 왔을까, 그들끼리 맞춰보는 것 같기도 하고. 나는 꼭 그럴 때 누군가에게 들킨 듯, 살면서 지은 죄는 왜 머리를 스치는 것인지.

대관령 국사 성황당이라고도 하는 성황사는, 서낭의 심부름을 하는 돌로 쌓인 수비당 앞 5평 남짓 기와가 얹어진 서낭당과 대관령 산신을 모신 산신각으로 이루어져 있다. 보통의 큰 사당이 아닌 자그마한 기운에서 품어 나오는 오라가 비범하다. 그 지방의 많은 자연재해로부터 사람들을 보호해 주고 가까운 바다의 풍어를 가져다주는 영험한 신을 모신 사당으로 알려져 있다.

매년 이곳에서 산신제가 열리는데 제를 마친 서낭신목은 단오 전날 또다시 강릉 남대천南大川에서 5일간 제를 올리고 마지막 날 여기에 불을 붙이고 절을 하며 서낭께 작별을 고한다고 한다. 그 축제가 중요무형문화재인 강릉 단오제이다. 기회가 된다면 이곳 대관령 성황사의 산신제는 꼭 보러 와야겠단 마음으로 잠시 머무는 아쉬움을 달랬다. 텃새가 된 까마귀들이 떠날 때까지 빈손으로 가는 나를 보며 부산스럽게 움직인다.

강원도 평창 대관령에는 수년간 그곳의 숲에 살면서 자연의 내밀한 이야기를 글과 사진으로 나눠주는 흠모의 벗, 그녀가 살고 있다. 전생에 닦아 놓았던 서로에게 가는 길이 있어, 느렸지만 늦지는 않게 여러 마음과 시간이 맞는 이번 가을에 함께 산책할 수 있는 시간을 나누었다. 이야기를 나누며 밤을 지새고 느긋하게 일어나 커피 한 잔으로 목을 축인 후 걷는 아침 산책 시간이 길어진다. 더 느릿느릿 걸으면 시간이 영원으로 이어질까.

외부와의 소통을 뒤로 미루고 아무도 나를 찾지 않는 은밀한 고립의 휴식. 다른 고장으로 일이나 유람하는 것이 사전적인 여행이라면 산책은 '휴식을 취하거나 건강을 위해 천천히 걷는 일' 이라고 되어있다. 우린 느리게 걸었고 서로에게 기대 쉬었으니 산책이 분명 맞다.

짧은 시간이었지만 다녀온 후 며칠은 살아있는 성자처럼 다가온 그녀의 존재만큼이나 가을이 나의 숲에도 깊숙이 파고들었다. 갈 곳 몰라 정처 없는 마음도 외면해 오던 곳으로 눈을 돌리고, 괜시리 살며 쫓기던 일들도 길지만 단정하게 한 줄로 세워본다. 오랜만에 느껴보는 평화와 위안, 돌아오고 나서 그녀가 찍어 보내준 수십 장의 사진을 보며 한참을 다시 그리워했다. 누군가의 시선에 오롯이 겨운 온통 나의 모습뿐이었다. 그 애정 어린 마음을 다시 나눌 곳, 주위를 둘러보라 그녀가 내게 말하는 듯하다.

가만히 생각해 보면 숲은 내게 늘 혼자였다. 혼자 걷고 혼자 돌아오며, 혼자 머물던 숲, 혼자 결정하고 혼자 할 수 있고, 혼자 살 수 있다는 생각이 신 앞에서 살아가는 먼지 한 톨의 인간으로 때론 오만인지도 모르겠다. 함께 걷는 숲, 함께 호흡하는 숲, 함께 쉬는 숲. 대관령 숲 신의 영험한 기운과 그녀의 힘이 보태져서 쓸쓸하기 그지없는 이 가을에 나는 씩씩하고 다정해지고 있다. 누군가에게 전화를 걸 때면 영락없이 마비되는 손가락 귀신도 물리치고 먼저 가을 안부를 나누곤 하는 경이로운 가을이라니.

꽃비 내리는 산사

- 안동 봉정사

처마에 매달린 빗방울을 하염없이 바라보며 앉았다. 똑똑 또옥똑. 두 다리에 의지해 스스로 왔지만 이런 단절이라니. 사람이 손님이 되어 머무는 천등산 자락에 가만히 앉은 천년고찰 봉정사에는 지금 새소리, 빗소리, 잎새 부딪는 소리 말고는 인기척이라곤 없다. 피어오르는 운무 사이로 잠들었던 천년의 정령들이 깨어날 것만 같아 흙마당을 천천히 깊게 디뎌 발자국 소리를 낮춘다. 간간이 지나가는 스님들과 눈이 마주치면 두 손을 모으고 눈인사를 한다. 요즘 세상에 이토록 고요한 곳이 있다니, 살자고 쉬는 내 숨소리마저 소음이다.

코로나19의 영향으로 사람들의 일상에 많은 변화가 생기고 있다. 혼자 하는 등산이나 번잡하지 않은 자연 속으로 사람들의 마음이 움직인다. 밖으로 향하던 모든 시선과 관심이 안으로 돌아오면서 자신을 바라보고 살피는 시간이 자연스러워지고, 서로의 간격은 이제 더 이상 외로움이 아니라 배려로 자리를 잡는다.

그런 비대면의 각광과 단절된 일상의 위로, 힐링을 위해 얼마 전 문체부와 관광공사의 특별여행주간을 맞아 저렴한 가격으로 참여할 수 있는 템플스테이 프로그램을 진행했다. 유명 사찰을 비롯해 전국의 100여 개의 절이 참여하는데, 두루 호젓한 산사 여행은 많이 다녔지만 한 번도 묵어보지 못해 그 첫날 밤을 보내고 싶어 행선지를 선택하는데 몇 날을 고민했다.

석양이 아름답다는 미황사가 좋을까, 선재길을 걸을 수 있는 월정사에 머물까, 마음은 전국의 아름다운 숲으로 달렸다. 고민 끝에 유네스코 세계유산에 등재된 산지 승원 사찰 7곳 중 하나인 안동의 천년고찰 봉정사에 이르렀다. 우리나라에서 가장 오래된 목조 건물인 극락전이 있고, 여러 영화의 촬영지이기도 했던 아름다운 정원을 가진 영산암, 그리고 산꼭대기를 20여 분 올라가면 봉정사보다 먼저 자리를 잡은 유서 깊은 개목사까지, 이틀 동안 여유로움으로 걸을 산사의 풍경들을 그려보며 떠나기 전 마음 먼저 보냈다.

세 시쯤 도착한 봉정사에는 관광객 차량 두 대를 제외하고 외부 사람이 없었다. 오늘 묵어가는 이도 혼자란다. 자그마한 방 하나에는 화장실이 달려있고 두 명 정도 누우면 꽉 찰 정도로 좁아 보였지만 지내다 보니 좁지도 넓지도 않은 적당한 크기였다. 적당한 것의 기준은 살면서 왜 자꾸 커져버린 것인지. 문을 닫고 가만히 누워보니 완벽한 세상과의 차단이다. 종교가 따로 있는 것도 아닌데 몸, 마음이 고달플 때면 이런 고요와 적막의 단절 속으로 하루쯤은 몸을 밀어 넣어보고 싶은 것이다.

혼자의 여인이 호젓한 절간을 이리저리 돌아다니니 공양간 보살님부터 절 사무를 보는 직원들, 여러 분들이 궁금해하며 이것저것 챙겨주신다. 휴식형 템플스테이는 새벽 기상이나 예불 등 따로 의무 없이 자율적으로 머물면 된다. 다른 건 몰라도 머무는 동안 아침 점심 저녁 공양시간은 칼같이 맞추었다. 마침 하안거 선방에 든 공부 하는 스님들이 계서서, 공으로 먹기가 민망할 정도로 반찬이 정갈하고 가짓수도 많았다. 다른 때엔 반찬 세 가지에 먹어야 한다며 보살님은 시간을 잘 맞추어 왔다 하신다.

사무를 보는 팀장님이 안내를 해주겠다고 하셔서 경내

를 함께 둘러보았다. 봉황이 내려앉은 봉정사는 그야말로 보물창고다. 우리나라에서 가장 오래된 목조건물인 극락전과 대웅전이 국보이고 화엄강당을 비롯한 6개의 건물이 보물로 지정되었다. 만세루에서 바라보는 극락전과 삼층석탑의 어우러짐은 이틀 머무는 동안 여러 차례 넋을 놓고 바라볼 정도로 무척이나 아름다웠다. 저녁 예불 시간 모든 만물의 생명들이 집을 찾아 깃들고 까만 적막 속에 흘러나오는 독경 소리, 스님의 등 굽은 뒷모습은 그대로 무형의 보물이다.

봉정사의 국보 2개를 비교해 보면 따로 가지는 멋이 대단한데 맞배지붕으로 기둥 위에 공포를 한 고려시대 주심포 양식의 극락전과 팔작지붕으로 지붕의 무게를 이기도록 다포양식을 한 조선시대 대웅전을 비교하는 재미가 있다. 부석사 무량수전이 가장 오래된 목조건물이었다가 봉정사의 극락암으로 최고를 넘겨준 것은 1972년 해체 보수하는 과정에서 발견된 묵서에 의해서이다. 중수가 보통 100년에서 150년 사이에 이루어지니 1368년이라는 숫자는 최고를 추측할 수 있었다.

나는 대웅전이 더 마음에 끌렸는데 일반적인 불전과 달리 정면에 툇마루를 두고 있고 자연석 허튼층쌓기를 한 높은 기단 위에 조화롭게 세워져 있다. 그 시선은 절 마당을 두고 일자로 만세루와 이어져 간결한 선의 아름다움이 군더더기 없이 자연을 끌어들인다. 요즘 이렇게 많이 손대지 않고 단아한 멋을 유지하고 있는 사찰이 얼마나 될까 싶을 정도다. 대웅전을 벗어나 가파른 돌계단이 있는 쪽으로 길을 들어섰다. 돌계단 끝으로 보이는 누마루의 지붕이 눈에 익은 영산암이다. 비의 무게를 이기지 못한 것인지, 화양연화의 불꽃같은 시절을 지나 사그러 들기를 기다리는 것인지 누마루 앞에서 보랏빛 꽃송이 고개를 숙이고 있는 수국과 눈이 마주쳤다.

영산암의 문루에 '우화루雨花樓' 라고 써진 현판이 걸려 있다. 석가모니 부처님이 설법을 할 때 꽃비가 내렸다는 뜻에서 유래된 우화루, 초서로 써진 글씨체가 화관을 이고 피어난 나리꽃 같다. 하심, 고개를 숙이고 들어선다. 지형의 고저를 이용해 만든 상단, 중단, 하단, 3단으로 안정감을 주는 절 마당 정원에 여름꽃들이 먼저 반긴다. 절이라기보다 정갈하고 품위 있는 고택의 느낌이다. ㅁ 자 형태로 안정감 있게 자리 잡은 상단의 응진전, 서쪽으로 삼성각, 그리고 아래로 송암당과 관심당이 마주 보고 있다. 특이한 것은 독립된 각자의 건물들이 회랑처럼 마루로 이어져 통일감을 주는 것이다. 자그마한 정원에는 돌무더기에서 자라 지붕의 키를 넘는 반송과 소박한 석등 하나가 처음부터 그곳이었던 듯 자리를 잡고 앉았다. 우담바라가 피었다는 응진전의 나한을 보고 나와 마루에 앉았다. 단아하고 고졸한 멋이 있는 영산암의 정원이 한동안 눈에 붙어 떨어지지 않도록 한참을 앉았다. 멀리서 들리는 나무 부딪는 소리에 깨어 다시 만세루로 향한다.

크게 소리 내어 말하는 것만이 살아있다는 것, 깨어있다 것을 알리는 것은 아닐 것이다. 내리는 빗소리, 피어나는 나리, 목탁을 두드리듯 나무를 두들겨 대는 딱따구리, 말없이 고요한 사물과 생명의 말은 더 깊이 마음을 깨우기도 한다. 물에 사는 생명을 깨우는 목어 소리, 네 발 달린 짐승을 위한 법고, 날아다니는 새들을 위한 운판, 스님들의 중생을 위한 서른세 번의 타종이 끝났다. 모든 생명들은 저마다의 보금자리로 안온하게 깃들었으리라. 나도 길고 깊은 하룻밤을 건넌다.

새벽에 아침 공양을 하고 반나절을 더 머무른 뒤 돌아갈 시간이 되었다. 짐을 챙기고 잠시 넋을 놓고 있다가 내 앞을 지나던 할아버지 한 분과 눈이 마주쳤다. 누가 먼저랄 것도 없이 자연스럽게 마주 앉았다. 절 안팎을 이리저리 돌며 소일을 하고 계신 듯. 눈인사를 나누고 툇마루에 걸터앉으신 할아버지께서 혼자 왔냐고 먼저 말을 거신다. 태어나서 지금까지 절 앞 태장리에 사시면서 봉정사가 삶의 터전이었다는 할아버지는 80년 문서화되지 않은 봉정사의 재미난 이야기를 들려주셨다. 귀한 서사에 귀를 쫑긋 세우고 적는 내가 신기하신지 영국 엘리자베스 여왕이 왔을 때, 분명 화장실을 간 여왕이 나오기를 한참을 기다렸는데 어디로 사라진지 알 수가 없었다며, 정말 신기한 일도 다 있었네, 하며 어르신의 80년 지난날 회상 여행에 웃음으로 동행해 드렸다.

"저기 지조암에는 올라가 봤어? 거기도 좋은데."

"아니요, 어르신. 스님들 하안거 공부하신다고 방해될까 봐 안 갔어요."

"아이고 공부는 뭔 공부, 이름 석 자만 알면 다 잘 살 수 있다. 공기가 좋아야지, 자연이 좋아야지. 이번에 봐, 코로나 병에 걸리면 다 죽잖아. 공부 아무 필요 없다."

팔십 년을 이름만 알고 잘 살아오신 할아버지의 위대한 존함은 이만용, 이만용 할아버지가 몸으로 쓴 자신만의 삶의 경전은 어느 주지스님의 설법보다 가슴에 와닿는다.

부슬거리던 비도 그치고 하늘이 파랗게 갠다. 있고 싶

은 만큼 있다가 가시라는 말씀에 며칠 더 머무르고 싶은 생각은 간절했지만 한없이 게으름을 피울 수는 없는 일, 이틀의 호사조차 왠지 속세의 진흙더미에서 뒹굴고 있는 나의 사랑하는 이들에게 미안할 뿐, 혼자는 늘 곁이라는 단어를 사무치게 한다.

운전하며 돌아오는 차 안에서 사진과 문자가 전송되어 왔다. 덩그러니, 라고 적힌 사진에는 나의 흰 린넨 재킷이 머물렀던 방 옷걸이에 말 그대로 덩그러니 걸려있었다. 놓고 왔나 보다, 여행지에 무언가를 두고 오는 적이 잘 없는데 그 작은 방에 걸어둔 옷이 왜 보이지 않았을까. 돌아오는 길 위, 가까운 언제쯤 다시 꼭 와야지 했던 아쉬움이 대로인 듯 웃음이 났다. 그 후로도 한참이 지난 뒤 옷이 담긴 소포 박스는 도착했지만 꽃비 내리는 산사의 첫날 밤을 묵었던 나의 마음은 아직 도착하지 않았다.

붉은

지나가는 슬픔, 지나가는 골목,
지나가는 당신, 지나가는 환희,
지나가는 사랑, 지나가는 감기,
지나가는 주소, 지나가는 나무, 지나가는 비,
'지나가는' 이란 말은 너무 서늘하잖아.
세상 모두는 진정 다 지나가고야 마는 것인가.

길이 끝나는 곳에 섬이 있다

- 신안 증도, 자은도

가만히 귀를 기울인다. 짧은 들숨으로 덮쳐 왔다가 조금 더 길게 쓸려간다. 일정한 리듬의 선율, 파도의 그것과는 다른 태양과 달 그리고 지구가 밀고 당기는 밀물 썰물의 호흡이다. 하면, 그 물이 차고 나는 소리는 다만 여운을 가진 채 단정하고 반복적이다. 아침이 되자 밤새 해변을 가득 채웠던 물이 저만치 밀려났다. 물이 빠지고 난 자리에 모래 지도가 생겼고, 기다리면 하루에 한 번은 먹이를 먹을 수 있다는 것을 아는 새들이 무리를 지어 앉았다. 사진을 찍어 보자고 가까이 다가가는 만큼 그만큼의 간격으로 저만치 날아가 다시 앉는 아이들, 누군가 가르쳐주지 않아도 생명 지키는 간격을 유지하는 본능 앞에 나도 더 이상 다가가지 않았다.

이번 여행길의 목적지는 전남에 위치한 느린 섬 증도이다. 코로나19의 영향으로 사회적 거리의 유지는 도심으로의 이동을 망설이게 했는데 이참에 마음에 두었던 섬들의 안부를 묻고 싶었다. 유네스코 생물권 보존지역으로 지정되어 있는 증도는 갯벌 염전으로도 유명한 곳이다. 우리나라의 소금 생산량의 6%를 생산해 내는 최대 규모인 태평염전이 있고, 2007년 아시아 최초로 슬로우시티로 지정되었다. 슬로우시티로 지정되기 위해선 여러 조건이 있지만 가장 중요한 것은 자연과 인간이 만나는 것이다. 최대한 그 지역의 환경을 보존하여 먹거리를 생산 소비하고, 시간과 자연, 계절을 돌아볼 수 있는 여백을 남겨둔다. 도시에 편리하게 누릴 수 있는 것들이 이곳에는 당연히 없기 때문에 처음엔 불편하지만 결국에는 줄이고 없애도 충분히 살아갈 수 있다는 넘침의 경고를 받아들인다.

사람보다는 다른 생명체들이 주인인 증도에는 울음소리가 유독 많이 들린다. 애정을 구하는 고양이들의 울음소리, 새들의 울음소리, 파도의 울음소리, 솔 숲 바람의 울음소리, 적막함 속에 그 원시의 소리들을 듣고 있자니 연암 박지원의 울기 좋은 곳, 호곡장이 절로 생각난다. 꼭 섬만이 아니고 어디서나 들을 수 있는 이런 소리들이 오롯이 이곳에서 잘 들리는 것뿐이다. 차들이 다니지 않고 기계음의 공장이 없으며, 소음을 내는 어떤 인위적인 것들이 없는 느린 섬만이 가지는 적막 속에서.

고립되고 소외되었던 섬마을을 소재로 탄생한 많은 문학작품들이 있지만 지금은 신안의 여러 아름다운 섬들이 천사 대교의 개통으로 이동이 수월해졌고, 증도는 2010년 그보다 더 일찍 다리가 완공되어 편리하게 오갈 수가 있게 되었다. 코로나19의 영향으로 여행객들이 평소보다 훨씬 줄어서만일까. 증도에 가까워질수록 도로에는 차도 사람도 보기가 드물다. 염전이 쉬는 삼월까지는 더 인적이 드물다.

여의도 면적의 두 배에 달하는 태평 염전은 한국 전쟁이 끝난 뒤, 피난민을 정착시키고 소금 생산량을 늘이기 위해 둑을 쌓아 만든 국내 최대 규모의 염전이다. 끝없이 펼쳐지는 소금밭과 3km에 달하는 소금창고의 모습, 그 사이사이로 인부들의 옷가지가 널려있다. 풀조차 삭이고 이슬이 내린 듯 하얗게 소금기가 배어 있는 둑, 염분으로 절여진 모습을 보자니 숨 쉬는 공기조차 짭조름하게 느껴진다.

"오늘은 배가 오전에는 출항하지 않아요, 오후에 오세

요." 서해의 배들은 도시의 교통편처럼 정확하지 않다. 도시의 버스정류장에는 도착시간을 분 단위로 알려주는 전광판이 있고, 앱은 실시간 이동 좌표가 찍혀 틀림이 없다. 택시 또한 목적지를 입력하고 기다리면 수 분을 기다리지 않는다. 기다리는 섬, 물때를 기다리고, 바람이 잦아들기를 기다리고, 자연을 기다려주는 섬, 오후에 도착한 배를 타고 섬으로 들어가면서 나오는 배 시간을 확인하려 물었지만 대답은 같다. "바다의 여러 환경 조건이 어떻게 변할지 모르기 때문에 확답을 드릴 수가 없네요." 자은도를 가기 위해 선착장에 전화를 했더니 들려오는 답이었다.

연륙교로 연결되어 증도에서 한 시간 반이면 육지로 갈 수 있는 자은도는 배로는 15분 거리다. 자동차를 실어주는 승선요금까지 단돈 삼천 원, 넓고 끝없는 고운 모래 해변을 가진 자은도는 이번 증도 여행에서 꼭 들러보고 싶은 곳이라 일정에서 하루를 빼내었다. 아이들 둘을 데리고 캠핑카를 몰고 온 부부와 나, 그렇게 큰 배에 차를 싣고 바다를 건넌다. 육지의 상처가 섬까지 전해지지 않는 것은 아니다. 대파 생산으로 유명한 자은도는 이번 코로나19사태로 수요가 없어 대파밭을 갈아엎는 곳이 많았다. 굵고 진한, 그 알싸한 대파 향에 취해 밭에서 작업을 하시는 분에게 한 다발을 샀다. 섬과 대파 향, 어울리지 않는 향기를 싣고 해변으로 달렸다.

서해의 해변에서 모래 백사장의 완벽한 모습을 보는 건 운이다. 어떤 시간은 물이 차서 해변이 사라지기도 하고 또 어떤 때는 새하얀 모래 백사장이 끝도 없이 펼쳐져 있기도 한다. 나는 반쯤 운이 있던 날, 적당하게 반쪽 해변만을 보았다. 한 시간을 앉아 있는 동안 서너 가족들이 다녀가고 아무도 없었다, 아무도 아무도 찾지 않을 것 같은 지난한 봄날 섬의 해변에서 만난 사람들과 동지 의식이 생겼다. 사진도 찍어주고 간식도 나누고, 사회적 거리의 시간들로 지친 마음들에 서로에게 위안이다.

이름 그대로 은혜롭고 자비로운 자은도에서 가장 길고 아름다운 분계해변의 모습을 설명하지는 못한다. 방풍림의 역할을 해주는 뒤쪽으로 곰솔 해송 길이 있고, 좌우의 나지막한 언덕들이 해변의 바람을 막아준다는 것밖에. 어느 날은 물이 차서 작고 아담한 해변이 되고, 어느 날은 앞으로 보이는 섬이 한 개였다가, 두 개가 되고, 또 어느 날은 물이 차서 해변조차 사라진, 다만 바다가 되는 것이다. 한두 시간 머물다 일어나 보니 바다가 되었다. 후에 오는 이들에게 분계해변은 신기루처럼 사라지고 없는 신비로운 곳이 된다.

섬 자체로 빛이 나는 자은도에 복합 리조트가 들어서는 공사가 시작된다고 한다. 휴양지로 손색이 없는 섬을 가만히 보고만 있지 않는 세상, 얼마나 관광효과를 내어 자본을 창출하는지에 대한 계산뿐이다. 지쳐 쉬어가는 이들에게 울기 좋은 한적한 섬이 하나둘 사라지고 땅 아래 납작 엎드려 살아가는 생명체는 길을 잃는다. 다 가진 사람들이 끝내는 잃은 것들이 그리워 다시 찾게 될 때, 돈으로 살 수 없는 자연의 서사 앞에 우리는 무릎을 꿇게 될 것이다.

인적도 드문 자은도의 선착장 매표소에서 일하는 분에게 사탕 몇 알을 건넸다. 환하게 웃으시며 커피를 내어 놓으신다. 섬 사람들은 친절하고 정스럽게 육지 사람들을 맞는다. 뭍이 섬이 더 그리운 것인지, 섬이 뭍을 덜 그리워하는 것인지 굳이 재지 않아도 밀려갔다 다시 차는 바닷물만큼의 간격으로 절대 소멸하지 않는 다정이 있다. 배가 출항하자 자은도가 멀어진다.

도착하는 날 찰랑거리며 노두길을 메운 바닷물 때문에 들어가지 못한 섬, 화도에 들었다. 이름처럼 밀물에 잠겼을 때 꽃봉오리처럼 섬이 예뻐서 '꽃섬' 이었다가, 섬 전체에 해당화가 그득해서 다시 '화도' 로 이름이 붙여졌다. 이름만으로도 수많은 이야기를 짐작할 수 있는 화도는 1.2km의 노두길을 따라 들어간다. 좌우로 펼쳐져 광활하게 드러난 갯벌을 따라 들어가며 생명체들과 숨바꼭질을 하다 보면 금세다. 바닷길이 열려 들어갈 수 있는 섬이 있다면 꼭 시간을 내어 그 길을 걸어보라고 권하고 싶다. 바다이기도 하고 바다가 아니기도 한 노두길을 걷다 보면 금기된 채 닿아보지 못해 묻어두었던 응어리가 치유되는 듯한 느낌이 든다. 다만 가지 않을 뿐 길은 늘 열려있다.

중도는 전남의 몇 갯벌과 함께 짱뚱어로 유명한 산지이다. 소득자원과 보전을 위해여 매년 방류행사를 진행하고 있다. 생김새만큼은 우스꽝스럽지만 고소한 짱뚱어 탕은 담백하고 얼큰하다. 머무르는 동안 하루 한 끼 식사 메뉴로 손색이 없었다. 해가 지는 시간에 맞춰 노을이 아름답기로 이름난 짱뚱어 다리가 있는 곳으로 갔다. 사백여 미터의 긴 다리가 갯벌을 가로지르고 해가 그 다리의 한가운데로 진다. 하루는 붉디붉었고, 또 하루는 구름 때문에 잿빛이었고 다른 하루는 푸르스름한 바닷빛이었다.

감상할 수 있는 수변의 벤치에 앉아 시간을 느껴본다. 베버의 Agnus dei가 흐른다. 하루를 지고 가는 해 앞에 나도 단정하게 앉았다. 그런 시간이 오면 누가 물은 것도, 들어줄 것도 아닌데 고해성사를 하게 되는 마음이란. 바람만이 기억해 줄 것이다. 중도의 모든 것은 느리게 흘렀고, 울음은 깊었다. 그럼에도 자고 일어나 보면 어제와 다른 오늘의 모습으로 생소하기 그지없이 딴 얼굴을 하고 앉았다. 의지대로 예측할 수 없다는 것만으로도 마음을 사로잡기엔 충분하다. 태초의 자연이 그랬고 그 자연을 신으로 삼고 살아가는 인간의 한결같은 복종이 그랬음을.

중도를 나서서 돌아오는 길의 풍경이 섬에 들어올 때와 완전히 달라져 있다. 속도를 줄인다. 처음 보는 듯한 풍광이 스친다. 찰랑거리던 바다는 썰물로 빠져나가고 드러난 갯벌 사이 위로 연두의 들판이 펼쳐진다. 잿빛이던 하늘과 층을 이룬 에메랄드빛 바다. 아, 다시 처음으로 돌아가 여행을 새로이 시작해 볼까. 차를 돌려 다시 들고 싶은 섬의 매혹을 뿌리치느라 페달을 더 힘껏 밟았다. 점점 멀어져가는 섬, 섬, 섬.

물 위에 뜬 섬
- 영주 무섬마을

호명하는 이름만으로도 그리움이 되는 곳이 있다. 휘돌아 흐르는 낮은 물길 위로 누군가 S 자를 그려낸 듯 신비스러운 풍경에 눈길이 멈췄다. 맘에 담아온 이름, 무섬마을 가는 길은 시월의 끝자락이었다.

조금 늦었나 보다. 황금빛 은행잎들이 허공에 반쯤, 그리고 나머지 반은 길 위의 주단으로 펼쳐져 있기를 바랐던 마음, 가느다란 가지 끝은 홀로 흔들리고 잎들은 바람의 끝, 길 위 구석자리로 몰려있다. 조금은 쓸쓸하지만 괜찮다. 선비의 도포자락 펼쳐 안아주듯 영주는 고요하고 정적이지만 단정한 품위가 있다.

주말이라 한 주 전쯤 무섬을 예약했는데 방이 없었다. 대신 민박을 하지 않은 홀로 사시는 할머니의 집을 소개

해주셨다. 무청 시래기가 정갈하게 말려져 있고 마당이 깨끗하니 소박해 어린 시절 시골 친척 할머니집이 떠올랐다. 문풍지가 발려진 방문까지도 옛 모습 그대로다.

외부사람을 자주 만나지 않은 듯 수줍음이 밴 주인 할머니는 이곳으로 시집와서 칠십 년을 살고 계신다고 했다. 꽃가마 타고 들어와 상여가 나갈 때 섬을 떠난다고 전해지는 무섬의 이야기는 물론 상징적이겠지만 그런 느낌 충분히 전해지는 하룻밤이다.

무섬마을은 사람들이 많이 찾는 다른 관광지와는 달리 번잡하지 않고 상가가 없는 것이 인상적이었다. 식사를 할 수 있는 식당이 정해져 있고 어지러운 노점도 없이 마을의 고즈넉함을 그대로 유지하고 있다. 달빛에 비치는 문살 그림자를 바라보다 얇은 한지 문풍지에 구멍을 내볼까, 숟가락으로 문고리를 걸고 잘까 하는 동화 같은 상상을 하면서 스르륵 잠이 들었다.

"모두 일어나세요, 이곳의 새벽 풍경은 꼭 봐야지요." 함께 출사를 온 일행들은 옷을 두텁게 챙겨 입고 싸한 공기 속으로 걸어 나갔다. 강의 백사장 위로 발자국을 내며 걸어가는데 마치 그림처럼 물안개가 피어오르고 있다. 태어나 처음 보는 신비스러운 광경에 누구나 할 것 없이 연신 셔터를 누르며 아스라한 외길을 건넜다.

넋을 놓고 바라보던 물안개의 풍경은 해가 떠오르면서 빛 속으로 사라졌다. 점점 선명해지며 물속에서 떠오르는 아름다운 무섬을 멀리서 한참 동안 바라보았다. 경관이 좋은 곳에는 여지없이 세워지는 높은 전망대나 건물이 없는 무섬. 무섬에서 제일 높은 것은 마을의 오래된 나무들이며, 가장 낮은 곳으로 강이 휘돌아 흐른다. 안온한 자연의 품에 안긴 무섬은, 무섬사람은 다정하고 순하다.

"할머니, 저 시래기 좀 주세요. 집에 가서 된장국 끓여 먹고 싶어서요." " 그래, 그래, 필요한 만큼 다 가져가." 어리광을 부리는 손녀처럼 마지막 인사를 나누고 무섬을 걸어 나왔다. 마치 하룻밤의 꿈은 아니겠지. 두 눈에서 마을이 사라질까 자꾸 돌아 뒤돌아보며 걸었다. 밤새 안식하며 머물다 빛이 드는 아침이면 상한 영혼이 치유되어 날아오르는 신비한 무섬이 오도카니 앉아있었다

바다에 핀 연꽃섬

- 통영 연화도

이른 꽃이 피는 춘삼월의 봄이다. 내 마음속의 봄은 언제나 바다를 건너온다. 물빛이 옥빛으로 바뀌고 바람이 순해질 때 봄 마중을 가야 한다면 섬이 제격이다. 모두가 기다리고 기다리던 그 봄이 아니던가. 가까운 통영에서 배를 타고 갈 수 있는 섬 중에 한 번도 가보지 않은 연화도를 골랐다. 온전히 봄꽃 같은 이름 때문에 마음을 홀려서. 연꽃이 떠내려가 섬이 되었다고도 하는 연화도에는 무슨 꽃이 피었을까.

약속한 이도 없고 짜인 스케줄도 없는 한가로운 여정에 급할 것이 없어 하루 느지막이 출발했다. 해가 조금씩 길어지고 있지만 여전히 아쉬운 낮 길이, 해거름이 다가온다. 지나가는 길에 모르는 어촌 마을에 잠시 들렀다. 낯선 곳을 다닐 때 끌리는 마을을 자주 들르는데 청포마을이라는 표지판을 보고 '참 아련한 이름을 가졌구나' 하고 샛길로 빠졌다. 뚜렷한 목적지 없이 다니는 여정에는 이렇게 마음을 당기는 것이 있다. 언젠가 내가 기억하지 못하는 어느 시간에 살았던 것이 아닐까, 신비로운 생각에 사로잡힌다. '이곳은 정주 항구인 청포항입니다' 라는 안내판이 서 있다. 정주 항구라니 머무르는 항구라는 뜻일까.

지나가는 슬픔, 지나가는 골목, 지나가는 당신, 지나가는 환희, 지나가는 사랑, 지나가는 감기. 지나가는 주소, 지나가는 나무, 지나가는 비, '지나가는' 이란 말은 너무 서늘하잖아. 세상 모두는 진정 다 지나가고야 마는 것인가. 닻을 내려 마음 묶은 정주 항구 청포항에 지나가는 노을이 앉았다. 지나가는 나도 앉았다. 지나가는 것들끼리 한참을 다정하고서 다시 길을 나선다. 언제 다시 이 마을을 기억해 나는 오게 될까.

통영의 오일장이다. 2, 7일이 장날인데 마침 날짜가 맞았다. 내가 사는 고장도 바다라 해산물이 싸고 싱싱하지만 이렇게 수산장이 크게 열리지는 않는다. 왠지 비릿하고 격렬하고 거칠게만 느껴지는 통영의 시장에는 늦은 저녁도 해결하고 향이 좋은 멍게 몇 마리 사볼까 해서 들렀다. 생각 같아서는 다찌집에 들러 밤을 새우고 싶지만 혼자이니.

"할머니 여행 가고 싶으세요? 장사하시느라 많이 못 다니셨죠?"

"가고 싶지, 딸이 있으면 갈 텐데 혼자는 이제 못 가. 아이고 혼자 다니는 거야? 무섭지 않나?"

"안 무서워요, 할머니. 요새는 혼자 다니는 여자들이 더 많아요. 하하."

"그렇지, 부지런히 다녀. 얼마나 좋아."

두세 평 정도 되는 식당 안에는 손님은 없고 할머니가 텔레비전을 집중해서 보고 계신다. 세계 각국을 소개하는 여행 프로그램이다. 엄마도 빼놓지 않고 보는, 걸어서 세계 이곳저곳 둘러보는 이야기다. 언어도 통하지 않는 먼 나라 풍경에 눈을 떼지 못하고 보는 모습을 보면 하고 싶은 것 제대로 하지 못한 부모님 세대들에게 괜스레 미안한 마음이 인다. 요즘 젊은 사람들은 마음만 먹으면 다 돌아볼 수 있는 곳이 아닌가.

할머니 김밥 일 인분만 주세요. 통영 서호 시장 앞쪽으로 충무김밥집이 줄지어 있다. 어느 집을 갈까 안을 들여다보다 나이 많이 드신 할머니 집으로 들어온 건 잘한 일이다. 관광지 음식점이 다 그렇듯 생색만 낸 음식들이 많아 별 기대를 안 했는데 양도 듬뿍 맛도 좋다. 내일 섬으로 들어갈 배를 타러 오면서 김밥을 사러 오겠다고 말씀드리고 나왔다.

내가 어디에서 유숙을 하는지 아무도 몰라서 누구도 기다리지 않은 밤을 보냈다. 덜 닫힌 창틈으로 밤새 꽃향기가 불어와 배를 타고 더 먼 섬으로 가는 아침이 설렘이다. 하루 만에 다시 나와야 하는 빠듯한 일정에서 섬에 드는 배편을 살 때 풍랑 때문에 오늘 못 나올 수도 있다는 직원의 말을 듣고 못 들은 척 미소를 슬쩍 감추고. 바람과 파도 말고는 아무것도 없는 섬에 갇혀 삼일 낮 사일 밤 내내 꽃밭을 가꾸어야지. 다시 오지 않을 것 같은 봄은 오고 더는 가지 않을 것 같았던 마음은 가고야 마는 우리 사는 뭍에서 피지 않던 꽃 한 송이 손에 쥐고서.

11시에 출발하는 배 시간에 맞춰 어제 다시 들르겠다는 할머니 김밥집으로 갔다. 할머니는 나와 있었고 배고프지 않게 양을 듬뿍 주신다. "할머니 오늘 장사하지 마시고 저랑 섬에 가실래요?" "아고, 그카면 되나. 나는 장사하고 있을 테니 다녀와 어이, 조심하고." 배가 갈매기를 데리고 섬으로 향한다.

통영시의 43개 유인도 중 제일 먼저 사람이 살았다고 전해지는 연화도는 이름 그대로 바다에 핀 연꽃이란 뜻인데, 실제로 북쪽 바다에서 바라보는 섬의 모습은 꽃잎이 하나하나 겹겹이 봉오리 진 연꽃을 떠올리게 한다. 섬의 관문인 북쪽 포구에는 연화마을, 동쪽 포구에는 동머리(동두)마을이 이어져 있어 섬 전체를 둘러보자면 세 시간가량이 걸린다.

연화도는 불교 성지 순례지로서 명성이 높은데, 거기다 일조하는 사찰이 두 군데 있다. 바로 연화사와 보덕암이다. 연화사의 역사는 500여 년을 거슬러 올라가 연산군의 억불정책으로 한양에서 이 섬으로 피신해 온 승려가 불상 대신 둥근 전래석을 토굴에 모시고 예불을 올리며 수행하다가 깨우침을 얻어 도인이 되었다는 이야기가 전해진다. 도인은 입적하면서 '바다에 수장시켜 달라' 는 말을 남겼는데 유언대로 제자들과 주민들이 수장했더니 도인의 몸이 한 송이 연꽃으로 피어나 승화했다고 한다. 입적한 승려는 '연화(연꽃)도인' 이라고 불렀다고 한다. 연화사에는 사명대사의 수도터인 토굴도 그대로 보존되어 있다.

보덕암은 바다를 굽어보는 깎아지른 절벽 위에 서 있는 자태가 웅장하기 그지없는데 3년간의 불사 끝에 문을 연

5층 법당이 자리하고 있다. 연화봉 꼭대기에 자리한 해수관음상까지 불교의 성지라고 해도 부족함이 없는 연화도는 실제로도 명당의 위세를 치고 있다. 이장님의 딸이 명문대에 진학했다는 이야기를 동네 사람의 귀띔으로 살짝 들었다. 일이 잘 풀리지 않아 기도처가 필요하다면 연화도는 아주 제격이 아닌가.

사람들로 한창 북적인 섬은 아주 한적하다. 코로나 때문에 관광객이 끊어져 그렇다고들 하신다. 마을 구경을 하며 걷다 산으로 오르는 길을 만났다. 따로 표지판이 없었지만 조그만 섬에서 길을 잃는 일은 쉽지 않을 것이다. 머리를 들면 봉우리가 가깝게 보이고 사방이 탁 트여 바다 위에 앉은 섬들은 그대로 지표가 된다. 오르다 푸릇한 머위나물도 만나고 두릅나무도 만났다. 자루를 들고 다니며 두릅을 채취하는 아저씨께 나물 주인이 있냐고 묻자 없으니 먹을 만큼 뜯어도 된다고 하신다. 아저씨와 나는 가시 달린 두릅나무를 붙들어 주고 따고 둘이서 한 조가 되어 한참을 섬을 돌았다. 아저씨는 민박집을 하는데 집에 모친이 홀로 계시니 오늘 자고 가라고 하신다. 오늘은 안 되지만 다음에 자러 오겠다는 나의 말에 아저씨가 "그런 기약은 없는 거지, 다음에 언제 또 오겠어." 하신다. 섬에서 사람을 기다리는 일이나 뭍에서 섬을 그리워하는 일이나 무용하기가 그지없는 일, 왠지 봄날의 적막함이 느껴진다. 맑은 날씨 탓에 먼 섬들까지 시야에 들어온다. 섬을 타고 너머에서 봄이 밀려온다. 섬 전체에 수국이 피면 참 멋지다는 아저씨가 꽃이 피면 오라고 하신다. 기약 없는 약속을 하고 돌아서니 나를 데려가려는 배가 들어오고 있다.

돌아와 머윗잎을 데쳐 젓갈에 쌈을 싸서 입 안으로 한가득 넣어본다. 동백꽃 향기가 나는 것도 같고, 짭조름한 바다 소금 맛도 나는 듯하고. 쓰디쓴 나물 맛에 섬에 가득했던 봄빛의 달큰함까지 느껴진다. 다녀와 기억을 복기하며 여행 글을 쓰는 내내 가득 찬 둥근 보름달이 베란다 창밖에서 내게 눈길을 준다. 검은 하늘에 둥둥 떠 있는 달에 그리움이 인다. 바다에 꽃으로 핀 연화도도 저렇게 둥둥 떠서 나를 기다리고 있을까.

세 갈래 물결이 만나 일렁이는 나루

- 밀양 삼랑진

한적한 오후다. 일월의 겨울 기온이 이례적으로 높아 따사로운 날 삼랑진을 찾았다. 밀양강이 낙동강을 만나 큰 물줄기가 된 그 강이 다시 바다를 만나는 곳. 세 곳이 만나 일렁인다는 뜻을 품은 삼랑진은 내겐 늘 고요한 적막 속의 도시다. 낚시를 즐겨 했던 이십 대 초반부터 인연이 있었던 삼랑진, 그 나루에 보트를 띄우고 윤슬 일렁이는 강물이 붉게 물들 때를 하염없이 바라보며 물 위에 떠 있던 시간이 떠오른다. 비닐하우스들이 너른 들판에 엎드려 빛을 받아 반짝이던 기억, 지금도 다르지 않다.

그때는 없었던, 강 위의 허공을 가로지르는 여러 다리가 생겼지만 운치는 여전하다. 당시 오래된 삼랑진 철교는 폭이 좁아 차가 교행하기가 쉽지 않았다. 저 끝에서 보일 듯 말 듯 오고 있는 차가 있는지 확인한 후, 한참을 기다려 건너편 차가 다 올 때 출발했다. 지금처럼 초, 분을 다투는 시절이었다면 강물 위 다리 한 가운데서 후진을 하는 광경을 많이 보았을 테지. 드문드문이지만 여전히 차들이 기다리며, 오고 간다.

가지산 터널이 뚫리지 않았던 시절, 굽이굽이 산 휘감아 돌아 다시 거친 마을길을 지나 멀고도 멀게 느끼며 도착했던 원동, 평창이 있던 삼랑진까지 주말이면 차가 밀려 대여섯 시간은 훌쩍 넘겼었다. 이제 흙도 밟지 않고 잘 뚫린 터널과 도로를 달려 한 시간에 도착할 수 있는 곳이 되었지만, 여전히 적막하고 고요하다. 너른 평야와 끝없이 펼쳐지는 강, 그 뒤를 드리운 낮은 산세, 광활한 품속이라 더 그리 느꼈던 걸까. 교통의 요충지로 발달되었음에도 삼랑진은 예전만큼 팽창되어 붐비지는 않는다.

그런 까닭인지, 삼랑진이 고향인 오규원 시인이 병원에서 생을 마감할 때 후배의 손바닥에 힘없이 써내려간 마지막 시의 첫 연이었던 '한적한 오후다' 라는 그 여섯 글자는 왠지 내가 삼랑진을 갈 때마다 떠오르는 단어가 되었다. 이어지는 '불타는 오후다' 의 다음 연은 더 이상 잃을 것이 없이 깡그리 소진시키고 사라진 시인의 열정적이었던 생을 말하는 것 같기도 하고, 돈이 길에 널려 있었다는 한때는 날리던 옛 명성의 삼랑진 젊은 모습 같기도 하다.

바다와 닿는 수로가 있고 그곳에 철도가 놓이면서 낙동강 권역 내 교통의 요충지였던 삼랑진에는 일본의 병참로로 이용하기 위한 군용철도가 놓였다. 마산으로 이어지는 분기점이 되어 하루에도 꽤 많은 기차들이 경부선과 경전선을 지난다. 잠시 머무는 기차도 있고, 서지 않는 기차도 있다. 백 년 전쯤 증기 기관차에 물을 공급하던, 지금은 쓰지 않는 급수탑이 한편에 담쟁이 줄기에 감겨 서있지 않았다면 지어진 지 얼마 되지 않은 역사로 짐작할 만큼 깨끗한 삼랑진역이다. 이제는 하던 일을 멈추고 수문장으로 오도카니 서있는 급수탑은 등록문화재로 지정되어 한국철도공사에서 관리하고 있다.

시간의 여행이라는 말에 모자람에 없는 과거의 모습은 역을 나서자마자 이어진다. 한적한 이곳의 산책을 좋아해 몇 번을 찾았었지만 이날은 처음 본 삼랑진의 장날이다. 4, 9일장이다. 사람 만나기 힘들었던 상가들의 문이 모두 활짝 열려있다. 비릿한 고기를 삶는 냄새가 세월의 더께를 입고 새까맣게 그을음이 입혀진 가마솥에서 연기와 함께 솟아나고, 옆집 방앗간의 깨를 덖어내는 손길도 분주하다. 명절 밑이라 그런지 머리에 파마 수건을 두르고 미장원을 들락거리는 할머니들의 굽은 등에 모처럼 설렘이 묻어난다. 삼랑진의 유명한 딸기가 제철을 맞아 봉긋하게 붉은 탑을 세우고 나란히 줄지어 앉은 모습처럼.

소규모 읍의 장날 치고는 꽤 규모가 있다. 북적이는 사람들, 모처럼 활기찬 장터가 반갑다. 교통의 요충지였던 삼랑진은 부산이 멀지 않아 일본인들이 많이 이주해 살았다고 한다. 상공업과 철도와 관련해 근무하던 일본인들의 그때 그 집들과 거리의 흔적들을 많이 볼 수 있다. 다른 지역의 몇몇 곳에 남아 있는 적산가옥 거리가 대부분 그렇듯 사람이 떠난 낡고 부스러진 건물도 있고, 조금은 덕지덕지 수리를 해 살고 있는 집도 있다.

역 앞으로 펼쳐진 도로를 따라 북서쪽 구릉지역의 마을로 들어섰다. 이번 방문의 목적인 철도 관사 마을을 보기 위함이다. 이곳 삼랑진에는 1910년 이전부터 일본인들이 많이 거주하였다고 알려져 있다. 삼랑진에만 일본인이 600여 명, 170호 남짓 살았다고 한다. 철도관사마을은 일본이 철도를 관리하면서부터인 1917년부터 꽤 오랜 시간 조성이 되었는데 이곳은 전체 모습이 잘 보존되어 있는 철도관사촌으로 전국에서도 보기 드물다고 한다.

마을 끝 가장 높은 곳부터 살펴보면 지금은 원불교 교당인 곳이 눈에 띄는데 그곳은 신사가 있던 곳이다.

당시 일본이 철도를 통합 운영하는 기관이었던 총독부 철도국에서는 철도원 사택을 전국에 지어 관리했는데 그 건축양식이 일률적이다. 높은 곳에서 7등급 관사부터 아래로 지어 내려오면서 낮은 바깥쪽을 8등 관사가 둘러싸고 있는 형식이다. 사이사이 골목길은 넓고 찾기 쉽도록 일관된 구조를 가지고 있다. 대부분 나무껍질로 벽을 두른 일반 형태의 적산가옥 모습 그대로고, 일본식 돌 축대로 높이 쌓아 밖에서 볼 수 없도록 지어진 몇몇 가옥도 있다. 아마도 높은 직급의 간부들이 살았을 것이다. 이제는 그들이 다 떠나고 일반인들이 불하받아 지금까지 유지되고 있다.

통째로 헐린 집, 아무도 살지 않는 폐허로 문이 잠긴 집도 있지만 대체적으로 사람들이 살고 있는 인기척이 느껴진다. 군데군데 마을 공터에는 함께 사용했다는 우물 여러 곳도 지금은 사용되지 않고 있지만 그대로 보존되어있다. 우물 위에 누군가 재활용으로 내어놓은 이불이 놓여 있다. 붉은 홑청의 목화솜 이불이 쇠락하는, 늙어가는 마을의 모습 같아 왠지 서글픈 마음도 든다.

삼랑진 철도관사촌은 한국 내서널트러스트에서 주최하는 '이것만은 꼭 지키자' 시민공모에서 작년에 문화재청장상을 받았다. 이미 마을 입구 쪽 철도 병원은 헐려서 대형 마트가 들어서 모양새가 온전하지 못하게 되었더라도 늦지 않았으니 지금부터라도 원형을 보존시키기 위해 관심이 필요하다. 모두가 함께 궁리하고 힘과 품을 팔아 해야 할 일이다. 어떻게 지켜질까. 보존해야 하니 고치지 말고 그대로 살라고 하는 것은 깨끗한 환경에서 살아야 할 권리가 있는 사람들에겐 폭력이나 다름없다.

좀 오래전 어느 환경단체에서 일하는 사람의 글과 사진을 우연히 본 적이 있다. 바닷가 사막이었는데 하얗고 눈부신 모래가 언덕을 이루고 있었다. 그 모습은 보기에도 너무 신비롭고 아름다웠는데 자연 환경적 사료로 그곳을 보존해야 한다는 글이었다. 그런데 그 글 말미에 그곳에 살고 있는 주민들의 이야기가 인상적이었다. 한 번 씩 와서 보는 이곳은 다른 사람에게는 아름답고 중요한 곳일지 몰라도 매일 불어오는 모래 바람은 숨을 쉬기조차 힘들고, 외출은커녕 밥을 먹을 때조차 입 속이 모래로 서걱거리니 좀 살게 해달라고. 함께 힘을 모아야 하는 이유다.

감동하고 위로 받는 여행지의 자연이나 오래된 문화재를 보면 항상 아쉬움과 염려가 앞선다. 다시 찾았을 때 많이 변해있어 낯설까 봐, 어울리지 않는 분칠을 하고 앉아있을까 봐. 내가 누리는 이 정서를 이어나가고, 다음 세대 후손들에게 어떻게 보존해서 물려줄 것인가, 이번 삼랑진 방문을 계기로 아주 조그마한 기부를 시작했다. 시민들의 자발적인 자산기증과 기부를 통해 보존가치가 높은 자연환경과 문화유산을 확보하여 영구히 보전하고 관리하는 시민운동 단체다.

'오래된 미래' 라는 말의 의미와 '새로운 과거' 라는 말의 뜻은 다르지 않다. 퇴색되어 낡고 늙은 과거에는 그것만이 품을 수 있는 시간 속 서사가 있다. 그 이야기 속에는 살았던, 살고 있는, 앞으로 살아나갈 사람과 사물이 있다. 세 갈래 시간이 만나 흐르는 물결, 열대의 물속에서 서로 엉키어 지탱하는 맹그로브 나무의 뿌리처럼 누구도 무시하지 못할 힘을 가진다. 미래는 나의, 우리의 상처를 외면하지 않고 똑바로 직시하는 과거에서부터 시작이다.

아버지의 섬 그리고 동백 이야기
- 거제 지심도

"엄마는 어데 가고 셋만 왔노, 오늘 아빠랑 배도 타고 좋겠네."

낯선 동네, 반겨주시는 아주머니들 사이로 아빠의 옷자락을 잡은 아이 셋이 숫기 없이 눈동자만 굴리고 있었다. 지금 기억으로는 엄마는 일을 하시는 날이었고, 지서에서 순경으로 계시던 아버지의 근무지 앞에 있던 섬으로 나들이를 가는 날이었다. 일곱 살쯤이었을까. 두터운 진분홍 자켓에 하얀 스타킹을 신고 한껏 멋을 부렸던 나와, 남동생 그리고 언니, 그렇게 세 남매가 키 순서대로 배 앞에 서있는 사진 한 장. 교대와 파견근무로 집에 오시는 날이 한 달에 두세 번 정도로 늘 바쁘셨던 아버지. 한나절의 추억이지만 처음으로 함께 한 여행이기도 했고 한 번도 배를 타본 적이 없었던 터라 그날의 기억은 지금까지도 선명하기만 하다.

십 분 정도 걸렸을까. 배를 타고 들어간 섬에는 바다 다슬기며 번데기, 홍합 같은 음식과 풍선, 나팔, 아이들이 좋아하는 장난감을 파는 이동식 리어카들이 있었다. 사람들이 삼삼오오 모여 시끌벅적한 그 시절 유원지에서의 풍경은 비슷했다. 춘도섬, 혹은 '목도' 라고 불렸던 그 섬은 동백나무가 많아 동백섬이라고도 불렸다. 검고 굵은 나무에 반짝이는 잎, 그 사이사이를 비집고 얼굴을 내민 노란 술을 감싸던 붉은 꽃송이. 게다가 하나도 상하지 않은 채 온전히 무더기로 바닥에 떨어져 있던 꽃송이들은 어린 내 눈에 신기하기만 했다. 핏빛 선연히 살아있는 꽃을 주워 코에 가까이 대었을 테지. 그런데 향기가 기억나지 않는다.

그런 춘도섬, 목도는 안타깝게도 천연기념물인 상록수림을 보호한다는 이유로 1992년부터 일반인 출입금지 구역이 됐다. 20년간 출입을 통제했다가 다시 10년을 연장했으니 2021년 12월 31일까지는 들어갈 수 없다. 가고 싶어도 갈 수가 없는 섬, 그 유년의 섬이 궁금해 수십 년 만에 멀리서나마 한 번 볼까 해서 간 적이 있었다. 기억 속의 크고 신비했던 붉은 꽃 섬은 한 발짝만 바다로 나서면 닿을 듯 가까이 떠 있었지만 여전히 디딜 수는 없는 섬이었다.

그 기억 한 조각 쥐고 다시 섬이 그리워 배를 타기로 했다. 뭍에서 15분이면 도착할 수 있다는 또 다른 동백섬 거제의 지심도, 지금쯤 한창일 붉은 섬이 나를 유년 시절로 데려다 주지 않을까. 유명세에 휴일까지 겹쳐 외국인들과 가족 단위, 백여 명 정원인 배 안이 가득 찼다. 섬에 도착하자 사람들이 차례로 내리고 출렁이는 파도에 겁먹은 아이들을 번쩍 안아 올리는 한 아저씨, 내 아버지가 그랬던 것처럼. 그 옆으로 관광을 마치고 뭍으로 나서는 사람들의 줄이 길다. 결국 배가 한 척 더 와서 사람들을 싣고 나갔다.

섬에서 내려 두 시간 정도 이어지는 숲 산책. 후박나무, 참식나무, 여러 종류의 대나무 등 뭍에서 흔히 볼 수 없는 수종들이 거대한 식물원을 방불케 했다. 관광객이 다니는 길은 정해 놓았지만 막아서 발길을 타지 않은 곳은 원시림 그대로 거친 모습이 이국적인 섬 숲이었다. 며칠 불온했던 기온 때문인지 동백이 한파를 이기지 못해 몽우리로 얼었다. 하지만 늦은 개화를 기다리는 몽우리는 봉긋, 설렘과 매혹의 동백이다.

아름다운 지심도를 떠나며 관광객으로 많이 지쳤을 섬이 좀 쉬었으면 어떨까하는 생각도 든다. 그리 많은 사람을 다 받아들이다가 나의 춘도, 목도처럼 수십 년 오랜 시간, 잃어버린 섬이 되면 어쩌지, 괜한 걱정일까. 배 뒤편에 앉았다. 섬은 아스라이 멀어져 가고 사람들이 던져주는 과자를 먹으려고 날개를 펼치는 갈매기의 배웅이 아련하다. 바다 위로 주홍빛 노을이 내린다.

타지의 지서로 옮겨 다니시며 근무하시던 아버지가 진급을 하시면서 집 가까이 한 곳에서 근무할 수 있는 좋은 여건의 경찰서에 발령이 나자 얼마 안 가 아버지는 사표를 내셨다. 안정적이었던 공무원 생활을 포기하시고 직업을 여러 번 바꾸신 아버지 때문에 삶의 구멍을 메우시느라 조금 더 힘드셨던 엄마. 성인이 되어 그때 왜 그만 두셨느냐고 웃으며 대화할 수 있을 때 가족들이 여쭈어 본 적이 있었다. 바다 위에 떠 있는 이 섬, 저 섬처럼 자유롭고 싶었던 아버지, 그러고 보면 모든 뭍이 그리움이 되는 섬을 좋아하는 나는 아버지를 꼭 닮았을까.

1848년 뒤마 피스의 소설 『춘희』의 여주인공 마르그리트는 5일은 하얀 동백, 25일은 붉은 동백을 머리에 꽂고 다녔다. 병을 앓아 향기가 없는 동백을 좋아했던 당시 미모로 유명했던 마리 뒤프레를 모델로 한 것인데 사랑하는 남자의 행복을 바라며 헤어진 후 폐병으로 죽어가는 진부한 신파지만 오페라로도 오랫동안 전 세계인들의 사랑을 받는 것을 보면 동백이라는 꽃이 가진 서사는 참으로 신비롭고 힘이 세다. 누군가에게는 사랑하는 여인으로 또 누군가에게는 고향으로, 아버지를 호명해 내는 유년의 기억으로.

지심도를 걸을 때 낙화한 동백 한 송이를 주워 다칠세라 주머니에 넣어 왔다. 집에 돌아와 가만히 꺼내 놓으니 땅에 떨어져 한 번 더 핀다는 꽃이 허허, 아버지의 웃음을 닮았다. 나의 동백섬, 목도가 다시 개방하게 되면 당신과 함께 나룻배 타고 들어가 꼭 술 한 잔 드릴테다, 옆에 떨어진 동백 한 송이 띄워서. 술잔을 가만히 코에 대어 봐야지, 정말 향기가 나지 않는지.

오름을 타고 오는 가을

- 제주 물영아리 오름

나무 사이 고인 운무에 들꽃 향이 고였다. 백만 년쯤 거슬러 숲에서 길을 잃고 빠져나오지 못해 살고 있는 목신을 만날 것만 같다. 몸은 젖어 오는데 눈에 보이지 않는 비, 새는 날아다니며 우는데 적막한 고요, 한 발짝 디디면 저만치 낙원에 닿을 것 같은 신령스러운 숲. 2007년에 우리나라에서 다섯 번째로 람사르 조약 보호 습지 구역으로 지정된 제주의 물영아리 오름이다.

물이 많은 지역 수망리의 물영아리는 '분화구에 신령한 물이 고인 영아리' 라는 뜻을 가지고 있는 습지 오름이다. 370여 개의 오름이 있는 제주, 2만여 년 전쯤 남해의 화산으로 생겨난 제주 한라산의 기생화산인 오름의 수는 세계 최다이다. 그곳에 살고 있는 신이 화가 나면 비가 오고 천둥이 치며 안개가 낀다니 인간들의 욕망의 섬, 그 그늘에 화가 난 것일까.

뾰족하게 솟은 삼나무를 병풍 삼아 순한 능선을 타고 여유롭게 풀을 뜯고 있는 소들이 보인다. 코뚜레도 없이 일광욕을 하며 늘어진 모습을 보자니 1m도 되지 않는 줄에 매여 앉지도 못하고 서서 자는 뒷마을 할아버지 소가 생각났다. 느릿한 소 등으로 내려앉은 햇살이 따사로워 보인다.

철 지나 늦은 꽃잎 듬성듬성 달고 있는 보랏빛 산수국의 어그러진 화관이 추레하다. 절정에 다다르고 사그라져 가는 것들의 모습이 다 그렇듯. 바람이 스치고 간 으아리꽃 새침하고, 비에 젖은 편백나무의 표피는 붉고도 붉다. 발아래 눈 깜짝할 새 도롱뇽이 꼬리를 감춘다. 발걸음 사이사이 나타났다 사라지는 작고 여린 생명들.

비가 그쳤다. 표피를 감싼 이끼, 초록 벨벳 옷을 입고 신사처럼 서있는 삼나무. 나무는 곧고, 나무는 굽고, 나무는 서로의 간격만큼 떨어져 어제만큼 자란다. 나는 작아진다. 우리는 작아진다. 숲은 고요하고, 숲은 품위 있고, 숲은 어제의 나무 자란 만큼씩 깊어진다. 나는 작아진다. 우리는 작아진다.

작은 걸음, 걸음으로 거대한 숲을 한참 올라 다다른 곳, 둘레 1km, 깊이 20m 물영아리의 숨구멍 분화구가 보인다. 물로 차있어야 하는 분화구는 속살을 드러내고 그 위로 연둣빛 습지 식물들이 카펫을 펼쳤다. 화구를 둘러싼 거대한 나무들, 초록 덩쿨 식물이 뒤덮은 그 모습이 영락없이 성 밖 늪지대에 살고 있는 인상 좋은 슈렉의 모습이다. 순간 무언지 모를 안도감이 밀려왔다.

최근 2~3년 사이에 제주는 많이 달라졌다. 아마도 근 20~30년 사이의 발전보다 더 많이 변했는지도 모르겠다. 첫날 공항에서 애월로 가는 도로는 차가 밀리고 건물 사이사이 숨구멍이 좁아졌다. 아스라이 보이는 바다가 아니었다면 뭍의 소도시 번화가의 모습인 줄 알겠다. 둘러 가는 해안도로는 조금 나을까 빠져나왔더니 펜션과 카페, 호텔, 음식점, 푸르름 사이 회색빛 건물들이 눈 풍광의 리듬을 끊는다.

내 소중한 무언가를 도둑맞은 것 같은 휑뎅그렁한 마음은 그 후 몇 군데의 오름을 더 다녀오고 나서야 채워졌다. 거인 설문대할망이 육지와 섬을 연결하려고 치마폭에 흙을 담아 옮길 때, 한 줌씩 떨어진 흙덩이들이 오름이 되었다고 전해지는 이야기가 있다. 터전을 잡아 화전을 가꾸고 농사를 지으며, 소와 말의 안식처이기도 했던 오름은 제주사람들이 살다 다시 돌아가야 할 영혼의 터이기도 하다.

저녁 하늘 샛별이 아름다운 새별 오름, 세계 자연유산 거문 오름, 가을 억새의 용눈이 오름, 백약이 오름, 다랑쉬 오름… 이름이 그대로 시詩인 수백 개의 오름이 있어 제주는 여전히 신비스럽고 매혹적이다.

연착된 비행기가 뭍을 향해 이륙하고 신성한 화산섬 제주가 멀어져 간다. 어미산을 중심으로 군데군데 숨 쉬고 있는 아기 봉우리들. 물영아리에서 만난 슈렉이 가을을 데리고 오름을 탄다. 은빛 억새 휘날리는 봉긋한 능선 위에서 피오나 공주가 바람 안고 춤을 춘다.

작은 사슴을 닮은 섬

- 고흥 소록도

물에서 섬으로 이어지는 다리의 길이가 겨우 1km 남짓이다. 차로 1분이면 닿을 수 있는 섬에 버스를 타지도 못해 일주일을 넘게 걷고 배를 타고 들어가야 했던 사람들이 있었다. 오랜 시간 편견과 멸시로 격리되었던 한센병 환자들이다. 작은 사슴 모양을 닮았다는 그 이름도 어여쁜 소록도. 소록도는 전남 고흥 녹동항으로부터 몇백 미터 거리에 있는 자그마한 섬이다. 실은 그 소록도가 남도의 한 외진 끄트머리에 붙어있는지, 다리가 놓여 왕래가 수월해졌는지 모를 만큼 나조차도 무심했다.

천형天刑의 땅으로 차별받던 소록도는 지난 2007년 소록대교의 완공 소식이 뉴욕타임스에 대서특필 보도된 적이 있다. 편견과 슬픔에 잠겨있던 세상에 없는 고립된 섬의 얼룩진 역사를 돌이켰던 소록다리는 그저 섬과 뭍을 잇는 다리만은 아닐 것이다.

보성 숙소에서 간단하게 빵 몇 조각에 커피 한 잔으로 끼니를 때우고 고흥으로 출발했다. 국도의 길은 반듯하게 잘 뚫려 있었고 이른 아침이라 그런지 차량도 드물어 금세 도착했다. 햇살은 온화했고 바닷물 위로 윤슬진 물빛이 반짝였다. 이렇게 포근하게 느껴지는 섬에서 도대체 무슨 일들이 벌어진 걸까.

국립소록도병원에 1917년부터 한센병 환자를 수용하였으니 일제강점기이다. 치료의 목적으로 격리시켰다고 하지만 실제는 강제적인 감금이었다. 소록도는 사람이 세 번 죽는 섬이란 말이 그냥 생긴 것이 아니었다. 한센병 환자로 태어나 한 번, 죽어서 부검되어 또 한 번, 화장으로 마지막 세 번째 죽음을 맞이해야만 비로소 자유가 될 수 있었다. 유전과 전염이 된다는 이유로 가족조차도 멀리 떨어져 한 달에 한 번 면회했던 시절의 사진이 그대로 남아있다.

비린 바다 향일까, 아니면 옆 솔숲에서 나는 향일까. 걷는 내내 좋은 향기가 났지만 알려지지 않은 과거의 역사와 그들의 절규가 남긴 짧은 글들을 읽다 보면 눈물을 참기 어려웠다. 광복이 되고서도 그곳의 부당함과 개선을 원했던 환자 83명이 학살되는 대참사가 있었던, 파도를 배경으로 세워진 애환의 추모비에 빼곡하게 적힌 그들의 이름을 확인하고 한참을 미동조차 할 수 없었다.

유독 감춰지고 이슈화되지 않았던 소록도의 사건들은 다만 일제강점기 그들만의 만행이었다고 치부할 수는 없다. 그 시절 사회에 만연해 있던 한센병에 대한 편견은 문둥이라 놀리며 경계하던 우리들의 편견과 시선도 한몫을 했을 것이다.

소록도에는 1936년부터 3년 4개월 동안 연인원 6만여 명의 환자들이 강제로 동원되어 6천 평 규모로 조성된 중앙공원이 있다. 사람들이 찾아오는 아름다운 섬으로 만들자는 취지로 시작되었지만 나환자들이 강제로 동원되어 고된 노동의 대가로 탄생된 공원이다. 지금은 훌쩍 자란 여러 종의 나무들이 역사를 기억하고 다시 후세에 전하리라.

섬에는 한센병박물관이 세워져 있다. 그들이 사용하는 물품, 그들이 지었던 시를 읽을 수 있고, 오스트리아에서 이곳으로 들어와 40여 년간 봉사를 하고 돌아간 두 간호천사, 마리안느와 마가렛 간호사의 친필도 볼 수 있다. 한 글자 한 글자를 읽어나가며 늦었겠지만 그들을 알아가고 이해하는 뭉클함이 밀려왔는데 참 죄스러웠다.

> "가도 가도 붉은 황톳길/ 숨막히는 더위뿐이더라./ 낯선 친구 만나면/ 우리들 문둥이끼리 반갑다//"

한센병을 앓았던 시인 한하운의 시 「전라도길 - 소록도 가는 길」의 붉은 황톳길은 이제 없겠지만 여전히 치유와 진상규명, 그리고 적절한 보상의 길은 숙제로 남아있다.

소설 이청준의 『당신들의 천국』의 공간적 배경은 소록도이다. 5.16 쿠데타 이후 찾아든 한 대령의 이야기로 시작되는 소설의 제목이 왜 나의 천국, 우리들의 천국이 아닌 당신들의 천국이었을까. 이청준은 말한다. 사랑과 신뢰가 없는 공동체는 그것이 어떤 방식으로 건설되든 항상 기득권 당신들의 천국이다. 오로지 사랑과 신뢰만이 우리들의 천국을 만든다고.

천년의 시간을 싣고 흐르는 돌다리
- 진천 농다리

나무 우듬지 아래 감긴 오색천이 휘날린다. 옷고름 매만지며 넘던 아낙의 치맛자락이 저리 펄럭였을까. 봄이면 산제비 넘나든다는 성황당 길, 진천 용고개 고갯마루에서 걸음이 멈춘다. 성황당은 마을을 지켜주는 수호신으로 나무나 돌, 장승 등으로 성황(서낭)을 모신 곳이다. 살고개라고도 불리는 이름이, 간직해 전해지는 사연을 짐작케 한다.

진천저수지를 만들면서 수몰된 화산리에 큰 부자 마을이 있었는데 스님이 시주를 청하자 사람들이 거절을 했다. 화가 난 스님은 이를 괘씸히 여겨 마을 사람들에게 앞산을 깎아 길을 내면 더 큰 돈을 벌 수 있다고 했다. 마을 사람들이 그대로 하니 그곳에서 피가 나왔고 그 후 마을은 망하여 없어졌다고 한다. 산에 살던 용의 허리가 잘린 것이다. 이후 사람들이 액운퇴치와 무병장수를 빌며 오색 헝겊을 걸었다. 지나는 길손들의 엽전이 쌓였을 테고 지금은 소원을 빌며 돌무더기를 쌓는다.

시간을 거슬러 걷고 있는 이 신비스러운 길은 사실 예사가 아니다. 왜냐하면 나는 잠시 전 천년의 시간을 싣고 흐르는 돌다리를 건너 이곳 미르숲에 들었기 때문이다. 우리나라에서 가장 오래 되었다는 돌다리. 생거진천, 문백면 구곡리 굴티마을 농다리이다. 마치 물속에서 검은 정령이 솟아나, 내딛는 발 아래로 등을 내어주는 듯하다. 지네 모양의 커다란 바위가 얼기설기 물살을 이고 굳게 박혀있다.

농다리의 유래를 살펴보면 고려 초, 93m의 길이로 너비 3.6m, 높이 1.2m, 음양을 배치해 28칸으로 만들어졌다. 얇고 넓은 돌들을 엮어 중간 중간을 수문처럼 물이 흐르도록 하고 중앙을 가로지르는 긴 상판석을 올렸다. 물길을 거스르지 않고도 사람이 다닐 수 있게 자연친화적으로 만든 돌다리이다. 얼마 전 평창 동계올림픽 성화를 든 봉송단이 천년의 농다리를 건넜다. 어느 겨울, 눈이 내려 하얀 용 한 마리 강을 건너는 듯 사진에 매혹되어 머릿속 잔

상으로 남아 있다가 설날 귀성길에 들른 나도 발자국을 남긴다.

고속도로 옆이라 그런지 찾는 사람들이 많다. 유례없던 한파가 잠시 누그러지고 오고 가던 이들의 마음에도 봄을 들이기에 좋은 날씨. 농다리 옆으로 풀어 헤친 머리카락 흩날리며 버드나무 한 그루 서있다. 봄이 온다니 가지 끝 잎이 숨을 쉬고 있나 보다. 멀리서 바라보는 자태의 연둣빛 아우라가 한껏 얼었던 마음을 녹인다. 검게 엎드린 돌다리를 건너 아직 돌아오지 못한 누군가를 기다리며 서있는 여인 같기도 하다. 어떤 이는 살기 위해 저 다리를 건너 고향을 떠났을 테고 누군가는 죽어 꽃상여 타고 다리를 건너기도 했을 것이다.

천년의 다리를 건넜으니 또 다른 은밀한 선물 한 가지는 덤이다. 바로 꽃이 내는 향기인데 그 향기가 세계에서 유일하다는 것이다. 첫사랑의 누나 같은 이름, 아름답고 귀한 미선나무가 이곳에 있다. 우리나라에서만 자생하며 열매가 둥근 부채 모양이라 미선美扇이라고 부르는 이 나무는 잎보다 꽃이 먼저 피어 3월의 봄을 알린다. 아직은 일러 꽃이 피지 않았지만 씨앗을 품고 주렁주렁 매달린 작은 심장 같은 열매의 모습을 볼 수 있다. 사과 한 알이 몇 개의 사과를 품고 있는지 아무도 모른다고 했던가, 씨앗을 고이 품고 지난한 계절을 건너는 모든 생명체의 경이로움, 어느 봄날 낯선 향기를 기다린다.

건넜던 다리를 다시 건너온다. 두어 시간 짧은 산책길이었을 뿐인데 나조차도 기억하지 못한 어느 전생을 다녀온 것 같은 느낌이다. 천년의 다리를 건너 그런 것일까, 오색 천 흩날리는 성황당 앞에 돌 하나 얹어 그런 것일까. 멀찌감치 보이는 고속도로는 여전히 귀성길 차량으로 정지된 듯 서있다.

막히는 도로를 피해 초평저수지를 감고 도는 골짜기 굽이굽이 국도로 핸들을 돌렸다. 영화 속 풍경처럼 초평호는 낭만적이다. 꽁꽁 언 저수지 위로 노을이 내리고, 낚시를 하기 위해 만들어 놓은 수상 좌대들이 배와 함께 정지해 있다. 겨우내 움직이지 못하고 인내한 모든 기다리는 생명들, 사물들. 돌아오는 봄은 마치 처음처럼 다시 새로워 천년을 잇고, 다시 처음처럼 경이로워 다시 천년을 이어간다. 모든 슬픔이 사라진다는 꽃말로 피고 지는 미선나무처럼.

새뜰마을에는 보리가 산다

- 강릉 주문진

얼마 전 영화를 한 편 보았다. 내용도 좋았지만 그 영화의 배경이 된 한 마을이 있었는데 아주 인상적이었다. 바닷가 언덕 위에 옹기종기 가파르게 앉은 집들, 그중 가장 꼭대기 집에 주인공 가족들이 살고 있었는데, 살을 포개고 나른하게 누워 뒹구는 모습에서 마음이 다 환해졌다.

마당 마루 한편에서 바다가 한눈에 보이고 햇살을 받고 있는 그 다정한 가족들의 모습에 새까맣게 그을려 뛰놀던 내 어릴 적 시간도 떠올랐다. 열한 살 소녀가 친구들과 가파른 계단을 오르내리며 세상에 부딪히며 살아가는 모습. 요즘 세상에도 저런 평화로운 풍경을 볼 수 있는 마을이 있을까. 저 마을에 가면 지금은 도저히 기억해 낼 수 없는 어린 시절 나의 행복했던 순간들이 영화처럼 펼쳐질 것만 같았다. 강원도 주문진이었다.

"사장님 여기 혹시 새뜰마을이 어디쯤 있을까요?" "새뜰마을요?" "네, 영화에서 보니 가파른 언덕에 마을이 있고 성황당도 있었어요." "아, 제가 어릴 때 살던 곳인데, 정말 추억이 많은 곳이죠. 가보시면 볼 게 많으실 거여요." 무뚝뚝하게 생긴 생선 구이집 주인은 친절했다. 잠시 그 시절의 추억에 닿았는지 금세 얼굴 표정이 아이다.

"어릴 때 그곳에 살 때는 그곳이 그렇게 좋은지 몰랐어요. 어른이 되고 보니 한 번씩 지날 때마다 웃음이 나죠." 누룽지와 얼린 물을 간식으로 내놓으며 배웅도 살갑다. 바닷가 항구마을에서 사는 사람들이 왠지 억세고 거칠 것만 같아 말 걸기를 주저했는데 다들 친절했다.

아주 오래전, 통학하는 버스 안에서의 다소 충격적인 나의 낯선 경험은 열여섯 살 때였다. 농아 아이들을 가득 태운 버스는 엔진소리 말고는 들리지 않았고 고요는 평소와 달리 유난히 적막이었다. 그 적막 속에 과장된 몸짓으로 수화를 하는 한 무리들의 아이들. 소리는 들리지 않았지만 그들의 표정은 무얼 말하는지 너무도 명확해 보였다. 단박에 다 알아들을 수 있을 것만 같았다. 그들은 무엇이 그리 즐거운지 잇몸을 만개하고 활짝 웃는 표정들이었는데 웃음소리가 들리지 않았다. 소리를 낼 수 없다는 것, 말뿐만이 아니고 웃음소리마저 들리지 않았던 버스 안에서 나는 되려 외톨이가 되었다. 말을 할 수 있는 내가 세상에 존재하지 않는 사람이 되어버린 묘한 외로움이었다.

영화 〈나는 보리〉의 주인공 열한 살 보리는 말 못 하는 농인가족 사이에서 유일하게 듣고 말을 한다. 보리는 식구들이 수화로 행복하게 대화를 하는 장면을 보고 소외감을 느끼고 자신도 소리를 잃고 싶어 한다. 그 적막을 함께 느끼고 함께 뒹굴고 싶어 하는 것이다. 소리를 잃기 위해 자신만의 생각으로 부딪혀 가는 에피소드들이 영화의 주 내용이다. 줄곧 자신만이 듣고 말하는 것이 좋으냐고 묻는 보리에게 아빠는 다 똑같다고 말해준다. 들리든 안 들리든 그 변하지 않는 진실한 마음이 중요한 거라고. 소리를 잃고 싶어 하는 소녀의 마음은 내내 따뜻하고 다정하다.

말을 하지 못하는 사람들은 듣지 못하기 때문에 상대방의 표정을 더 몰입해서 관찰한다. 표정만 봐도 다 알아, 라고 말 못 하는 보리 동생 정우는 누나의 맘을 헤아린다. 사람의 몸에서 나오는 말, 그들이 그토록 듣고 이야기하고 싶어 하는 입으로 나오는 언어, 그 언어를 말로써 표현한다고 해서 더 나은 소통을 하게 되는 걸까. 진정한 소통은 말이 아니라 마음으로 하는 것임을 영화의 어린 소녀를 통해 말한다.

주문진을 배경으로 영화를 만든 감독도 어린 시절을 이곳에서 보냈다고 한다. 그는 말할 수 없는 농인 부모에게서 태어난 코다다. 코다는 말을 하지 못하는 부모에게서 태어난 자녀들을 말한다. 그도 한때는 말 못 하는 농아가 되고 싶어 했던 기억이 이 영화를 만들게 된 동기였다고 한다. 장애를 다룬 영화이기보다 편견 없는 보통 사람들과 다르지 않은 따뜻한 사랑을 그린 가족영화에 더 가까워 마음이 보는 내내 맑고 환했다.

그 따뜻하고 살가운 가족들이 살았던 새뜰마을은 주문진항에 있다. 주문진항에 있는 주문진 등대는 1918년 강원도 최초로 지어진 등대이다. 이름이 나있어서 그런지, 차들이 가득 도로를 채우고 있었다. 주문진에는 6.25 피난새터민들이 자리를 잡고 많이 살고 있었는데 언덕배기 비탈진 곳 구석구석에 조그마한 집들을 지어 살고 있었다. 골목이 겨우 한두 사람 지나기도 힘들 만큼 좁고 가팔랐다. 여느 마을에서 보기 힘든 빨갛고 파란 원색의 지붕으로 단장되어 인상적이었는데 타향살이의 고단함을 이고 살아가던 사람들과 무척 잘 어울린다는 생각이 들었다.

영화에서 보리는 학교를 등교하기 전 성황당에 가서 두 손을 모아 기도를 하곤 했는데, 동해안 최대 규모의 그 성황당이 마을에 있었다. 바닷가 마을이니 당연히 어민들의 안녕을 위했을 성황당은 조선 광해군 때 절개를 지킨 여인의 명복을 빌기 위해 사당으로 지어졌지만 후에 풍어를 기원하는 성황당으로 자리를 잡았다.

성황당 뒤편으로 등대 꼬댕이 공원이 있는데 꼬댕이는 꼭대기의 강원도 방언이라고 한다. 꼭대기 가파른 곳에 지어진 집들 어느 꼬댕이 집 좁다란 마당에 할머님들이 나란히 앉아 햇볕을 쬐고 계신다. 그 모습이 태풍 지나간 고요의 바다처럼 어찌나 평화로워 보이던지 사진에 담고 싶다고 여쭈었더니 손사래를 치신다. 바다 햇볕에 그을린 까만 피부와 소금에 절여진 물기 하나 없는 주름진 피부, 다만 너무나 예쁘다고 나는 엄지손가락을 치켜세워 드렸다.

유월의 바닷가에는 회색빛 담장을 타고 붉은 해당화가 곳곳에 얼굴을 내밀고 있다

해당화 꽃색은 이루 말할 수 없이 매혹적이어서 할머님

들의 오랜 옛 시절, 어느 첫날밤 이불 색이었거나, 빨랫줄에 걸면 지나가는 이가 누가 살까, 궁금해지는 치맛자락이었거나 그랬을 테지. 푸른색 린넨 커튼이 창에 걸려있고 하얀 의자 두 개는 조그만 마당에 바다 쪽으로 앉아, 달이 뜨는 날이면 바다로 이어지는 달빛을 밟고 수평선 끝으로 보내는 마음 돌아오길 기다리며 몇 날 밤을 지나던.

가파른 골목을 따라 내려가다 보니 몇 평도 안 되는 빨간 지붕 작은 집이 보인다. 왠지, 여인일 것만 같다. 아무도 찾아오지 못하는 바닷가 시골 마을에서 언젠가는 찾아올 한 사람만을 기다리는. 어느 지난 시절 한 번쯤 이 바닷가 마을을 다정하고 천천히 손을 잡고 함께 걸었던 이가 있었을 것이고, 우리 나중에 이곳에 빈집이 나면 와서 살까, 하며 웃었던 사랑한 시간도 있었을 테지. 누군가에게는 지나가는 과거의 한순간이, 어떤 이에게는 기다리는 미래의 영원히 될 수도 있을 것만 같은 이야기가 새록새록 피어나는 그야말로 영화 같은 마을이다.

나는 열한 살의 보리에서 지금까지 얼마나 멀어졌을까. 목적 없는 순수한 마음으로 다른 이들의 마음을 움직이기 위해 노력했을 테고, 두 손을 모으고 기도를 하면 다 이루어진다고 믿으며, 나의 말이 아닌 타인의 말을 먼저 들어야 대화를 이어나갈 수 있었던 보리의 마음처럼 그랬을 것이다.

사랑하는 이들과 진정한 소통으로 어우러지고 싶은 소녀가 주인공인 영화 한 편으로 시작한 소읍 여행은 지난한 시절에 무척이나 위안이 되었다. 혼자 밥을 먹고, 혼자 여행하고, 혼자 잠을 자는, 혼자의 삶이 되어 얼굴을 드러내지 않는 이 시대에 진정한 마음 나누기야말로, 말과 글이 아닌 마음에서부터 시작해야 한다는 것.

멀리 펼쳐진 선자령의 능선 위로 잿빛 구름이 펼쳐져 있다. 어느새 바다 위로 앉은 불그스레한 노을, 골목 어디선가 저녁을 먹으라며 부르는 엄마의 목소리가 들린다. 온종일 햇볕에 새까맣게 그을린 나는 좁은 골목길을 한달음에 뛰어 꼬댕이 집 파란 대문을 연다.

수달래 피는 봄날의 산책
- 청송 신성계곡

수달래 핀 숲길을 온종일 걷고 며칠 머물다 갈 고택에 도착했다. 대문도 없는 담장 안으로 잠시 집을 비운 주인 대신 복사꽃이 먼저 반긴다. 열린 문을 들어서자마자 오늘은 손님이 아무도 없으니 편히 지내라고, 마실 나가신 주인분 전화가 온다. 오고 가는 낯선 관광객들이 지나다 들릴 만한데도 전혀 개의치 않는 너른 인심이다. 대청마루가 딸린 사랑방 문을 열고 이불 속으로 손을 넣으니 따끈따끈. 아침부터 아궁이 불을 넣는다고 하셨던 예약 확인 전화가 생각났다. 짐도 풀기 전에 온돌방에 누워 새소리를 듣는다. 창밖으로 보이는 풍경을 '차경借景' 이라고 한다. 빌려보는 경치. 누구의 소유도 아니지만 누구나의 것도 되는 잠시 빌려보는 자연의 풍경에 절로 두 손이 모아진다.

경주의 최부잣집과 더불어 노블레스 오블리주를 실천하며 살았던 부호로 이름이 알려진 심호택의 송소고택이 있는 청송군 파천면 덕천마을이 며칠 묵어갈 주소이다. 청송 심씨 일가가 약 1,400여 년 전부터 세거한 집성촌. 사왈산이 감싸 안고 앞에는 신홍천이 남북으로 흐르는 명당으로 드라마 촬영장소로 알려져 젊은 사람들도 많이 찾는다. 덕천마을은 이름 그대로 찬소슬 마을이라고도 불린다. 99칸 대궐 같은 집 송소고택과 나란히 자리한 송정 고택, 찰방공 종택, 창실 고택 등이 100여 년의 세월을 고스란히 간직하고 있다. 남동향을 바라보며 크게 대문채와 안채, 별채와 크고 작은 사랑채, 그리고 사당으로 구성되며 각 건물에 독립된 마당이 있는 것이 특징이다. 솟을대문에 홍살을 갖추어 격이 높은 집을 상징했다. 품격이 느껴지는 마을이다.

잠시 마을을 둘러본 봄날의 하루가 가고 밤이 온다. 무려 사월의 어느 봄밤이다. 시간을 거슬러 인적이 드문 둘레길과 숙소를 찾다가 이름 그대로 푸른 솔, 청송에 발을 디딘 것은 잘한 일 같다. 품위가 있는 유서 깊은 고택 마을에서의 밤이라니 그보다 더 우아한 봄밤이 있을까. 한지를 바른 방문 밖으로 달빛이 순하고 환하다. 소쩍새 일까 검은등뻐꾸기일까, 이맘때면 그들의 울음소리는 늘 헛갈린다. 별이 손에 닿을 듯 스스륵 밤을 건넌다.

청송은 우리나라에서 유일하게 군 전체가 유네스코 세계지질공원으로 지정된 곳이다. 제주도, 무등산 일대, 한탄강과 함께 네 군데가 등재되어 있다. 청송이라 하면 주산지와 주왕산이 너무 많이 알려져 있는 반면 지질 트레킹 코스로 손색이 없는 여러 명소들의 이름이 묻혔다. 이번에 찾은 신성계곡도 상대적으로 잘 알려지지 않은 곳이다. 코로나 영향으로 더 인적이 드물고 차량 통행이 없어 적막하기까지 하다. 오히려 자연을 느리게 자세히 볼 수 있는 기회이기도 하다.

신성계곡 녹색길 탐사는 3코스로 나뉘는데 안내 탐방소가 있어 친절한 안내를 받을 수 있다. 지질에 대한 일반인들의 상식이 부족하니 5일 전 예약하면 해설사와 함께 탐방도 가능하다. 세 코스 전부 여러 명소가 골고루 분포되어 있는데 다리가 불편하거나 많이 걸을 수 없는 아이들은 차로도 인접하게 둘러볼 수 있어 장소 접근성도 좋다. 계곡 초입의 바위 절벽 위에 자리 잡은 방호정方壺亭(경북민속자료 51)부터 인근 고와리의 백석탄계곡白石灘溪谷까지 이르는 15㎞ 구간이며, 계곡을 따라 흐르는 물은 낙동강의 상류를 이룬다. 근처 주왕산에 비해 유명세는 없지만 청송 8경 가운데 제1경으로 지정될 정도로 경치가 빼어나다.

첫 코스로 시작하는 곳은 방호정이다. 광해군 11년 조선 중기의 학자 조준도趙遵道(1576~1665)가 44세 때 돌아가신 어머니를 사모하는 마음으로 무덤이 보이는 절벽 위에 지은 정자로 부모를 봉양하려 해도 기다려주지 않는다는 의미의 현판이 걸려있다. 방호정을 감고 돌아 흐르는 길안천을 따라 걷다 보면 징검다리를 만날 수 있는 절경이 펼쳐진다.

강을 따라 걷다 보면 들판으로 이어지고 야트막한 산을 20분 정도 오르게 되는데 꼭대기에서 바라보면 한반도 지형의 숲을 강이 휘감아 흐르는 것이 보인다. 평야지대를 자유롭게 곡류하며 흐르는 하천이 지반이 융기되어 침식이 활발해지면서 만들어지는데 감입곡류천이라 한다. 뱀처럼 흐른다고 해서 사행천이라고도 부른다. 바깥쪽은 흐름이 빨라져 침식되고 반대편은 퇴적작용이 일어나면 이런 지형을 갖게 되는데 우리나라에 여러 곳이 있다. 잎이 돋아 더 선명하게 볼 수 있다.

마지막 3코스를 걷다 보면 물이 흐르는 낮은 계곡을 만난다. 하얀 돌이 반짝이는 여울이라는 뜻을 가진 백석탄이다. 희고 반짝이는 퇴적암들이 수억 년 동안 흐르는 물에 의해 마모되고 침식된 포트홀 및 생란 작용, 이암편, 사층리 등 다양한 퇴적구조들을 생성해 내어 만들어진 곳이다. 풍광이 신비스러워 사진작가들의 촬영지로도 인기가 많은 곳인데 흐르는 물소리가 예사가 아니다. 한참을 앉아 쉬며 신성계곡의 탐방을 마무리한다. 중간중간 꽃돌로 만들어진 징검다리이며 어느 교장 선생님이 발견한 용각류 수각류 공룡 발자국까지 일일이 열거할 수 없지만 어느 곳 하나 빠지지 않는 보물들이 자연과 어우러져있다.

며칠이든 머문 곳을 떠날 때 우리는 말한다. '담에 꼭 와야지.' 하고. 그렇게 시간이 지나고 다시 찾게 되는 곳은 잘 없다. 아주 오랜 시간이 흐르고 기억 속에서 멀어져 처음처럼 다시 만나게 되는 것 말고는. 하여 글을 쓸 때 그 장소에 대해 미화하지 않는 것에 마음을 두고 있다. 소소한 것에도 어떤 공감이 일어 다른 시간 같은 곳을 걷는 벗들이 있을 테니까.

이번 청송은 좀 알려지면 좋겠다 싶을 정도로 낯선 우

주에 불시착한 묘한 기분이 들었다. 우주 정류장에서 생활하다가 지구로 귀환하는 과정에 프랑스 변두리 마을 옥상에 불시착했던 우주비행사가 나왔던 영화 〈마카담스토리〉가 생각난다. 인적이 드물다는 것이 그런 느낌을 가지게 하겠지만 유네스코 세계 지질공원으로 지정된 청송은 밟고 다니는 돌과 흙이 모두 수억, 수십억 년 시간이 다져진 길이어서 그렇게 느끼지 않을 수 없다.

가을에 마음 맞는 이들과 함께 꼭 이 길을 다시 걸었으면 좋겠는데, 그때까지 여정의 여운을 기억하게 될까. 영화에서 불시착한 우주비행사는 할머니가 만들어주는 쿠스쿠스를 먹으며 감동스러워했다. 인생의 불시착은 우연을 만들고 그 우연은 인연으로 이어진다는 것. 며칠 묵었던 숙소의 여주인이 떠나는 날 아침에 보이차와 다과를 내오셨다. 한옥이 좋아 집을 구하기 위해 전국을 3년 동안 찾아다니다 이곳에 머무르게 되었다고 하신다. 너른 마당은 일어나면 정갈하게 비로 쓴 흔적이 있었고 화단의 흙들은 촉촉했다. 눈뜨면 할 일이 기다리는 분주한 시골 살이지만 무척 만족스러워 보인다. 꼭 다시 찾고 싶은 곳이라 혼자 묵을 수 있는 좀 더 작은 방도 둘러보았다. 여행에서 돌아온 내내 새 신부 한복 치맛자락 같은 이불 색이 눈에 어른거린다.

시간을 거슬러 우리가 발을 딛고 사는 땅이 어떻게 만들어졌는가. 시간을 거슬러 우리가 살고 있는 마을이 어떻게 생겨났는가. 시간을 거슬러 역사 위에 흐르는 오래된 미래를 우리는 어떻게 살고 있는가. 떠나오는 날 마을을 다시 둘러보다가 비에 새겨진 글을 만났다. 마을 주민들이 공동으로 세운 마을터 돌이다. 수억 년의 돌과 수천 년의 강물과 수백 년의 나무가 이르는 말을 받아 적은 사람들의 말인 듯 미사여구가 부끄러워지게 하는 글을 옮겨보며 여정을 마무리한다.

"태백산맥의 한줄기 아래 여기 경북 청송군 파천면 덕천리의 마을터 돌을 세운다."라고 시작한다.

> "〈…〉 우리 마을은 서기 1400여 년경부터 살아온 기록이 있으며 1950년경에 이르러 인구가 약 900여 명 정도가 되어 파천면에서도 제일 큰 마을이었다. 1960~70년대에 산업의 발달로 젊은 세대들이 약 200여 명 이상 서울, 대구, 부산 기타 등지로 직업을 찾아 떠났다. 우리 마을에는 예전에는 행세하는 성씨의 반촌으로 문중을 이루어 예의 바르고, 인심 좋고, 살기 좋은 마을이었으며 청송 심부자

집을 위시하여 대농가 집이 많고 거슬들과 반밭들을 거의 차지하여 경작하였다. 지금은 많이 변하여 인구도 약 200명으로 감소되었다. 그러나 우리 마을은 영원히 존속할 것이다. 우리는 인생의 도리로 살아갈 것이다. 인간은 누구나 불완전하여 작은 실수나 오해는 언제나 있을 수 있으니 반성하여 용서를 구하고 이해하며 양보하여 서로 간에 불편하지 않도록 최선을 다하여 살아갈 것이다. 그러면 서로가 즐겁고 행복하게 살게 될 것이므로 여기 마을터 돌을 세워 후손 만대에 이 뜻을 길이 이어 살아가길 바란다. 아무쪼록 나약한 후손들의 장래에 영광스러운 삶을 누릴 수 있도록 숭배하는 선조님의 가호가 있으시길 기원합니다."

시월, 가을 바다를 걷다

- 남해 앵강다숲길

구비구비 이어지는 산길 옆으로 바다가 펼쳐진다. 분명 막힘없는 바다일진대 그저 보기엔 호수다. 눈동자가 고요히 머문다. 바람조차 몸을 낮추고 엎드려 섬 사이를 오고 간다. 내가 사는 너무도 역동적인 동해의 그것과는 많이 다르다. 그림 같은 풍광을 두고 저절로 나오는 감탄사도 아끼는 이 길. 남해에서 가장 아름다운 앵강만을 끼고 도는 절경의 해안 도로다. 시월의 연휴가 끝난 평일 아침이라 그런 것도 있지만 남해에 올 때마다 느끼는 고요와 평온은 여느 다른 바다와 기품이 남다르다. 시월의 가을이라니, 가을의 바다라니, 남해의 가을 바닷빛이라니.

여행을 다니다 보면 머무르거나 혹은 지나치는 곳에 수많은 도로와 낯선 지명 마을들을 만난다. 누구도 찾지 못

할 만큼 산골짜기 깊은 마을에 옹기종기 집들이 모여 있는 마을, 외진 바닷가 바람을 홀로 맞고 있는 집, 햇살 좋은 너른 들녘에 단정하게 앉은 집성촌, 자연의 일부처럼 오랜 시간을 두고 섞인 집들은 처음부터 그 자리 있었던 듯 안온함을 준다. 혹시나 그런 집이 비어 있으면 훗날 이곳에서 살아보면 어떨까, 기분 좋은 상상도 해보는 것이다. 그렇게 갈 때마다 빈집을 자주 들여다보며 발걸음을 멈추게 되는 곳, 남다른 평온함을 주는 곳이 나에게는 바로 남해다.

그런 남해를 시간을 두고 두 발로 오래 걸어 보고 싶은 생각이 늘 마음에 있었다. 도로 사정이 좋아지고 여러 연륙교가 생겨 하루에도 마음만 먹으면 산모퉁이 하나쯤 바다를 끼고도는 일은 어렵지 않다. 아침 뜨는 해를 보고 저녁 지는 노을을 보는 일, 그 사이를 걸음으로 채운다는 것. 그 첫걸음으로 가천 다랭이 마을에서 홍현 해라우지 마을, 월포 해변으로 이어지는 남해 바래길을 선택했다. 남해의 여러 풍광과 삶들이 버무려진 길, 물때를 맞춰 가족들의 생계를 위해 갯벌이나 갯바위를 향하던 일, 그곳에서 손수 해산물들을 채취하는 것이 바래이다. 나서는 그 길을 바래길이라고 한다. 어머니의 길이기도 하다.

길을 시작하는 지점인 다랭이 논은 남해에서도 가장 많이 알려진 유명한 곳이다. 주차장이 주말에는 부족할 정도로 관광객이 많이 모이는 곳이지만 평일은 한산하다. 방파제도 선착장도 없어 가파른 절벽을 깎아 논으로 일구어 생활했다는 핍박함이 담긴 다랭이 논이지만 지금은 아무 곳에서나 볼 수 없는 층층이 이어지는 계단식 논이 사람들의 시선을 잡기에 충분하다. 요즘은 이 다랭이 논으로 생계를 유지하는 집은 없고 관광객을 위해 마을에서 관리를 하고 있는 듯하다. 가파른 길을 내려오니 펼쳐진 바다를 배경으로 놓인 정자의 풍경이 절경이다. 몇몇 함께 온 커플들의 인증샷 찍는 모습 말고는 잠시 다녀가는 사람들뿐, 바래길을 걷는 사람은 무척 드물다.

깎아지른 해안 절벽과 주상절리 빼어난 경치를 보며 걷는 것도 좋지만 남해의 아기자기한 모습은 곳곳에 이모작을 준비하는 황톳빛 논밭을 보는 일이다. 일찍 모를 심어 이른 벼 베기를 하고 논에 물을 말린 뒤 다시 시금치나 마늘을 심어 겨우내 수확을 한다. 달큼하고 맛있는 남해 시금치나물 무침을 설명해 주는 택시 기사님의 말씀에 올겨울에는 꼭 남해 시금치를 먹어야지 하고 군침을 삼켰다. 해풍에 밤낮의 기온차와 질 좋은 흙, 누구보다 환경에 잘 적응하는 인류가 자연과 조화로운 공생을 했을 때 얻어지는 것은 실로 아름답다. 그것이 멋이든 맛이든.

척박하고 여유 없는 땅을 활용하는 이모작이라는 특별한 농사 말고도 남해에는 바다에서 해산물을 얻는 원시 수렵도 주목할 만하다. 남면의 홍현 해우라지 마을 해안에서 특별한 돌무더기를 만날 수 있다. 처음 봤을 때 그 모양과 물빛이 너무 아름다워 선녀가 하강해 몸을 담그고 가는 곳일까 하는 상상도 들게 했는데 석방렴이라고 한다. 연안에 깊고 넓게 돌을 쌓아 들물에 고기가 들어왔다가 썰물에 갇히는 방식으로 우럭, 볼락, 게, 문어 등 다양한 어종을 잡을 수 있다. 그런 원시적인 수렵으로 부자가 되었을 리는 만무할 것이고 해 지는 저녁 무렵 둘러앉은 사람들의 얼큰한 매운탕 술안주나 어느 노부부의 소박한 저녁이 되지 않았을까 싶다. 가끔은 차고 넘치는 먹거리로도 부족하다고 느끼는 현대인들의 허기는 과연 배고픔일까 하는 생각이 들어 원시인으로 돌아가고 싶은 생각이 가끔 들기도 하는 것이다.

광활한 들판에 헬기로 농약을 뿌려가며 짓는 밀이나 옥수수, 육식을 위해 아프리카의 숲을 베고 기르는 소, 자연을 거스르며 살아간다는 것은 살아가기 위해 선택한 수단이기는 하지만 실로 참혹하고 건강하지 못한 결과를 가져온다. 인류는 그것을 알면서도 멈추지 못하고 있지만 서서히 바뀌어 나갈 수 있을 거라 믿는다. 원시 시대의 수렵이나 농사에서 많이 벗어나지 않고 환경에 반하지 않는 자연스러운 형태의 생산으로 돌아가야 하는 길은 먼 꿈같은 이야기지만 실천하고 있는 사람들의 목소리에 귀를 기울이고 한 번쯤은 생각해 보아야 할 문제다.

바래길 2코스 조붓한 길로 걷다 보면 삿갓을 엎어놓은 섬 하나가 보인다. 그곳이 바로 서포 김만중의 유배지였던 노도라는 섬이다. 선착장에서 배로 십 분이면 닿는 곳인데 몇 해 전 미국에 있던 언니 가족과 함께 트레킹을 했던 기억이 났다. 노를 저어간다는 노에서 노도라는 이름이 유래되었고 엎어놓은 삿갓 모양의 형태를 따서 '삿갓섬' 이라도 불린다. 노도에는 서포 선생이 직접 팠던 우물과 초옥 터 그리고 허묘가 남아있다.

김만중은 이곳에서 『서포만필』, 『사씨남정기』, 『주자요어』 등을 집필했다. 그는 이 곳에서 스스로 판 옹달샘의 물을 마시고, 나무 피죽을 먹으며 연명한 것으로 알려졌다. 그런데 노동을 하지 않고 오로지 집필에만 전념하여 농사일은 안중에도 없었다고 구전되어 '먹고 노자 할배'

라는 별명이 재미있는 일화로 남겨졌다. 조선 후기 문학의 산실이 되었을 자그마한 섬의 느낌은 옛 그 시절로 돌아간 듯 쓸쓸하기도 했지만 참 아름답다. 노도에서 바라보는 남해의 금산과 앵강만, 벗어날 수 없는 섬의 유배는 역사의 한 획을 긋는 문장가를 탄생시킨 것이고. 노도는 남해군 이동면에 딸린 섬이지만 예전 남해도 자체에도 많은 유배자들이 있었다. 조선 4대 서예가의 자암 김구 선생과, 금산의 아름다움을 한시로 노래한 『남촌잡록』의 저자 김용도 선생이 유배되어 있던 곳이다. 남해가 이런 유배문학의 산실인 지역의 특성을 살려 잘 활용했으면 하는 바람이 있다.

태풍으로 길이 소실되어 버린 월포 해변에서 걸음을 멈추었다. 사진을 찍고 느릿하게 걷다 보니 벌써 여섯 시간이 훌쩍 지났다. 더 걷고 싶은 마음은 간절했으나 조금 가져간 간식이 부족했고 하오의 그림자가 길어지는 시간이라 다음을 기약했다. 마침 장어탕을 하는 식당이 문을 열어 늦은 식사를 하고 택시를 불러 처음의 그곳으로 돌아갔다. 10km가량 바다와 숲을 걷는 동안 외국인 단 두 사람을 만났던 남해 바래길 2코스, 앵강다숲길의 마무리는 언제일까. 기약하는 일은 늘 설레고 다시 일상에 머무르는 나를 일으키는 힘이다. 아직 그 아름답다는 앵강만의 달빛을 보지 못했고, 달큰한 시금치에 밥을 얹어먹는 맛 또한 궁금하다.

차를 이용해 남해를 벗어나는 길에 용문사를 잠시 들렀다가 하루의 끝, 남해의 노을은 어디가 좋을까, 북쪽 창선 마을로 향했다. 그곳 지족해협에는 지금도 남아있는 죽방렴이 있다. 죽방렴은 물살이 빠르고 수심이 얕은 갯벌에 박고 주렴처럼 엮어 만든 그물을 물살 반대방향으로 벌려놓은 V 자 모양의 대나무 정치망인데, 길이 10m 정도의 참나무 말목 300여 개를 박아놓고 고기를 잡는 원시어장이다. 흔히 우리가 아는 죽방멸치도 이렇게 해서 얻어지는 것이다. 그물을 치지 않으니 비늘이 그대로 살아있어 소량 구해지는 것이니 당연히 비싸고 귀하다. 여전히 이어지고 있는 죽방렴으로 생계를 이어가는 사람들이 있을테다. 반백 년에 겨우 하루를 얹어 짊어지고 사라지는 노을은 붉기만 한 것인데. 겨우 하루만의 짧은 시간의 일이지만 아름다운 남해는 영원으로 새겨진다.

모든 바다가 그러하듯 물결 위로 일렁이는 윤슬이 그저 빛을 내는 이야기로만 이루어지지 않았을 것이다. 사는 것이 고단해지거나 혹은 만만해지거나 할 때가 있다. 그럴 때 경험해 보지 못한 다른 이들의 삶을 가만히 보고 있자면 삶은 여러 형태로 다양하고, 다양하게 혹독하며, 혹독한 만큼 아름답기도 하다. 치열하게, 부지런하게, 성실하게 삶을 대하는 것보다 더 중요한 것은 삶을 대하는 경이로운 마음인지도 모르겠다. 너무도 숭고하고 절실해서 함부로 어쩌지 못하는 어머니의 삶, 우리 시대의 삶, 뒤를 이어나갈 아이들의 삶. 다름 아닌 길 위에 놓인 '자연 안에 삶' 말이다.

공룡들의 놀이터
- 울산 태화강 백리길

집 뒤로는 산이 있고 앞으로는 강이 마주 보고 흐른다. 이렇게 말하고 보니 배산임수의 아주 빼어난 풍수 지형이라도 이야기하는 것 같지만 도심에서 조금 벗어나있을 뿐이다. 그러해도 복잡한 중심에서 겨우 차로 오 분 거리, 마음만 먹으면 쉽게 산을 오르고 강가를 걷는다. 도시를 가르며 서쪽에서 동쪽으로 길게 이어지는 태화강은 여느 도시가 그러하듯 평화롭고 아름답다. 사람이든 짐승이든 모든 생명체가 강으로 모여드는 것은 살아나가기 위한 본능이다. 수렵으로 생명을 이어가던 아주 오래전엔 강이 생을 이어가는 원천이기도 했겠지만 지금은 굽어 휘돌아 아름다운 강은 사람들에게 여유로움까지 선물한다.

태화강의 발원 지류인 암각화가 있는 대곡천에서 시작

해 동해로 이어지는 태화강 백리길은 둘레길로 자전거와 사람이 함께 다닐 수 있도록 정비가 되어있다. 약 45km를 조금 넘는 것으로 4코스 구간으로 만들어져 있는데, 집 앞 입암리 선바위 망성교에서 2구간이 시작된다. 자주 오고 가며 보는 곳이라 무심히 스치기 일쑤다. 강변 산책을 수백 번을 했을 터, 도심으로 향하는 구간만 걸었지 한 번도 반대쪽인 서쪽 외곽지역으로 걸어보지 않았던 게 신기하다. 코로나 덕분에 등잔 밑을 본다.

비가 곧 쏟아져 내릴 듯 먹구름이 저만치서 달려오고 있다. 바람의 힘이 센 날이다. 삼월의 첫날인데도 따뜻한 봄기운은 잠시 며칠뿐 다시 일기가 불온하다. 세찬 바람을 맞고 나면 오는 봄이 더 평온하게 느껴질까. 머물고 싶은 마음을 일으키는 일은 몸이 하는 일, 요즈음은 걷는 시간을 훌쩍 늘이고 가까운 곳을 살피는 것에 집중을 한다.

며칠 전 걷다가 보아두었던 공룡발자국 너럭바위를 다시 찾았다. 울산에서 여러 공룡 화석들이 발견된 것은 알았지만 집 근처에 있는 것은 처음 알게 되었다. 범서읍 입암리에 있는 4족 보행 공룡발자국은 국립문화재연구소가 울산의 지질 조사를 진행하면서 발견했다. 발견 당시에는 화석 보호를 위해 정확한 위치를 비공개했으나 인근에 태화강 생태하천 조성 사업 공사가 진행되자 화석 보호를 위해 울산시에 위치를 공개했다고 한다.

이곳에는 4족 보행 공룡발자국이 총 10개인데, 국내에서 두 번째로 발견된 4족 보행 조각류 발자국이다. 특히 앞발이 화석으로 발견된 4족 보행 조각류 발자국이라는 점과 국내에서 최초로 발견된 고성의 4족 보행 조각류 발자국보다 더 오래된 지층에서 발견돼 학계에서 주목을 받기도 했다. 그리고 국내에 첫 보고된 고성의 4족 보행 조각류 발자국은 발견 후 박물관으로 옮겼기 때문에 이곳 4족 보행 공룡발자국은 현장에 보존되어 있는 유일한 발자국 화석이다.

그런 공룡 화석 발자국이 없어졌다. 흙무더기가 흐트러져 있고 돌이 부서져 있다. "분명 여기 이곳 같은데 발자국이 없어졌어요." 함께 온 지인에게 흥분한 목소리로 말하며 찾아봐 달라고 했다. "누가 훔쳐 가겠어요, 살 사람이 있어야 내다 팔기라도 할 텐데…." 농담 반 진담 반 말이 오가는 사이 이런 건 어디에 신고를 해야 하지? 머릿속이 복잡해졌다. 주변을 수십 번 바위에 코를 박고 찾고 있는데 찾았다는 지인의 목소리가 들린다. '그럼 그렇지. 공룡이 발자국을 지우러 다녀갔을 리가 없잖아.'

내가 그렇게 호들갑을 떨었던 것이 과한 일이 아닌 것이 정말 허술하게 보존되고 있다는 점이다. 옮겨 보관하지 않고 현장 보존을 한다는 것이 쉬운 일이 아니니다. 관리하는 인력이 있다고 했지만 그대로 자연에 노출되어 훼손이 심화되고 있었다. 지난해 태풍에도 일부가 소실되었다고 한다.

얼마 전 1993년에 만들어진 영화 〈쥬라기 공원〉이 미국 박스오피스 1위를 했다는 뉴스를 읽었다. 코로나 때문에 새로운 영화 개봉을 하지 못한 주요 영화사들의 드라이브인 상영 덕분이었다고 한다. 〈죠스〉나 〈백투더 퓨처〉, 〈ET〉 등 무수한 블록 포스터들이 있지만 호박 화석에서 추출한 DNA로 만든 공룡들의 놀이터 〈쥬라기 공원〉은 단연 아이들의 마음을 사로잡았다. 그리고 여전히 박물관 등 전시관을 찾지 못하는 아이들을 위해 이동식 쥬라기 공원으로 인기몰이를 하고 있는데, 멸종된 공룡들 모형을 차에 싣고 다니며 이동식 전시도 하고 해설도 해주는 프로그램이라고 한다. 약 6,500만 년 전 운석이 충돌해서 멸종되어 버리지 않았어도 공룡이 사람들에게 이토록 환대를 받을까.

영화에나 나올 법한 시나리오로 울산이 과거 쥬라기 공

원이 아니었을까 상상하게 하는 뉴스가 주요 일간지를 장식했다. 지난 12월이다. 한반도 공룡시대 호숫가에서 무리에 뒤처져 따라오던 초식공룡 한 마리가 육식공룡에 의해 공격당하는 긴박한 상황이 담긴 흔적이 울산에서 발견되었다고 한다. 부경대학교 백인성 교수 연구진은 울산시 유곡동 공룡발자국 화석산지에서 초식공룡의 무리생활과 육식공룡의 단독 사냥 습성에 대한 새로운 증거를 발견했다고 한다.

약 1억 년 전 전기 백악기 말에 6개의 보행렬을 이루는 50여 점의 공룡발자국 화석에서, 이들 보행렬이 거의 동시에 만들어졌다는 사실을 뒷받침하는 발바닥 피부인상 화석이 보존돼 있음을 확인했다. 공룡들의 행동 특성을 분석한 결과, 육식 마니랍토라 공룡 한 마리가 초식 이구아나룡에 속하는 고성룡 아홉 마리를 추격한 것으로 해석된다고 한다. 평원에 발달한 호숫가 지역, 아프리카 사바나 지역처럼 여러 초식 공룡들이 몰려 살았고 현대 야생의 호랑이나 표범처럼 육식 공룡은 단독 사냥을 했다는 증거라니, 울산이 정말 백악기의 쥬라기 공원이 아닐까 상상력을 펼치게 한다.

그도 그럴 것이 울산이 약 1억 년 전 공룡들이 뛰어놀았던 장소라는 것이 오래전부터 속속들이 밝혀지고 있다. 유곡동 공룡 발자국 화석을 비롯해 울주군 언양읍 태화강 바닥, 국보 제285호 반구대 암각화 주변, 국보 제147호 천전리 각석 화랑 유적지, 범서읍 사연댐 둑 아래 등에서 대형 초식공룡 발자국 화석이 발견된 바 있다.

그중 주목할 만한 것이 있다. 지난달 문화재청은 반구대 암각화와 천전리 각석, 반구대 등 수천 년 세월의 자연 및 역사유산을 간직한 '울주 반구천 일원'을 국가지정문화재 명승으로 지정예고 했다. 여러 문화 유산들 중 암각화 인근의 코리스토데라 발자국을 언급했는데 불분명한 미국 콜로라도의 두 개 발자국을 제외하면 세계 최초로 발견되어 노바페스 울산엔시스Novapes ulsanensis로 명명되기도 했다. 코리스토데라는 중생대 수생 파충류의 일종으로 신생대에 멸종한 공룡이다. 발자국이 일정하게 찍히지 않고 산발적으로 흩어진 것은 그곳이 그들의 서식지였다는 증거라고 한다. 이 연구 결과는 올해 대전 천연기념물 전시관에 처음으로 공개될 예정이라고 한다.

지구의 나이는 46억 살이다. 아무 생명체가 살 수 없었던 환경에 최초의 지구 생명체는 세균 바이러스로 알려져 있다. 그것이 35억 년 전이고, 공룡은 2억 5천만 년 전쯤이다. 그렇다면 인류는? 인류의 기원을 남방 원숭이 오스트랄로피테쿠스로 치자면 300만 년~ 350만 년 전쯤일 것이고 만약 호모사피엔스, 생각하는 인류를 기원으로 잡아도 약 4만 년 전이다. 지구에서 마지막까지 살아남을 생명체는 과연 무엇일까. 바이러스의 탄생 시기에 비하면 먼지 하나 정도 역사를 이어가고 있는 인간일까. 아니면 그 인간을 요즘 곤욕을 치르게 하고 있는 바이러스일까.

올해 초 『호모 사피엔스』 저자 유발 하라리의 빅퀘스천이라는 TV 프로그램 대담에서 그는 주목할 만한 이야기를 했다. 앞으로 30년 후에는 아이들이 코딩, 영어, 바이올린 같은 기술은 배울 필요가 없는 시기가 올지도 모른다고 말했다. 지금 현재의 지구 정복자인 인간을 뛰어넘은 인공지능 시대이니 그렇게 상상하는 것도 무리가 아니다. 가장 중요한 메시지는 역사를 공부하는 것이라는 일침을 한다. 끊임없이 질문하고 새로운 관점을 찾는 것이다.

태화강 국가정원, 백리대숲, 태화강 백리길, 울산은 여러 자연 자원으로 공업도시의 검은 매연에서 흐르는 푸른 강이 기억되는 도시로 탈바꿈하고 있다. 그린뉴딜의 국가정원 사업의 청사진도 화려하다. 너무 전시적인 관광 정책에 치우쳐 태초 울산의 원시성을 잃을까 염려되지 않는 것도 아니다. 눈에 보이는 것은 잠시의 즐거움이지만 눈에 보이지 않는 것들은 무한 상상력으로 이어진다. 수천 년을 다시 거슬러 오르고, 수만 년 전을 새기며, 일억 년 전으로 다시 돌아가 보면 어떨까. 알을 낳고 날아다니며, 먹고 먹히는 공룡들의 쥬라기 공원이라니, 이토록 매력적인 울산이라니.

다시

돌아본다, 라는 말은 한 해를 마무리하면서
사람들이 가장 많이 쓰는 말이 아닐까.
멈추지 않고 흐르는 시간과 공간 속에서
서로의 상처는 보듬어 살펴주어야 하고
품어야 할 기억은 새기면서 이어가고 싶다.
모든 끊어진 것들은 시간이 필요할 뿐
언젠가는 하나로 이어지리니.

눈 내리는 마을
- 일본 시라카와고

처음엔 그랬다. 눈이 내린 마을 지붕에 별들이 내려앉는 하얀 나라에서 며칠 묵어야지. 그칠 것 같지 않은 눈이 그치지 않고 내리는 그곳에서 후생을 약속하고 찾아온 그를 만나야지. 녹기 전에 쌓이고 쌓여 갈 길을 잃으면, 눈이 물이 되어 흐르는 봄에 꽃 한 송이 꺾어 나와야지.

언젠가 잡지를 보다 하얀 눈을 이고 선 지붕들끼리 다정하게 어깨동무를 하고 선 시골 마을에 반해 나고야행 티켓을 예약한 지 몇 개월. 기대로 가득했던 일정은 출발 전부터 어긋나기 시작했다. 여정이 늘 순순할 것이라고 생각은 하지 않았지만 그래도 정체를 알 수 없는 바이러스라니, 가만히 바라보면 영락없는 스릴러를 쓰게 된 게 아닌가. 로맨스가 호러가 되는 서문은 조금 두렵고 황당했으나 왠지 멈추고 싶지는 않았다.

연일 언론에서는 도시를 활보하는 감염자의 동선 좌표를 찍어대고, 사람들은 서로를 경계했다. 미리 예약해둔 여행사에서도 중국인들이 많으니 한번 고려를 해 보는 것이 어떠냐는 연락을 수차례 받았다. 사람 많은 공항을 이용한다는 부담은 있었지만 신경을 써서 마스크를 하고 청결에 애를 쓰기로 했다.

메이지유신 이전부터 면직물, 도자기의 집산지로 상업이 발전했고 도요타 자동차, 군수 방위산업 등, 중화학공업의 일본 생산량을 꽤 차지하고 있는 나고야는 첫 방문이었고 울산과 비슷한 공업도시라는 막연한 동질감도 있었다. 무엇보다 17세기 초에 도쿠가와 이에야스의 통일로 애도시대 250년을 이끌어가는 기점이 되었던 나고야는 내게 일본스럽다는 그 느낌은 과연 뭘까 하는 궁금증을 자아내기 충분했다.

이번 여행의 목적지인 시라카와고 마을은 나고야에서 세 시간을 버스로 이동해야 돼서 중심가에 숙소를 잡았다. 겨울 같지 않은 기온 때문에 챙겨 입은 속옷이 젖어 호텔에 도착하자마자 세탁해 놓고 자전거를 빌렸다. 며칠 묵어야 할 곳의 근방과 도심에서 조금 떨어진 곳까지 골목골목 살피며 며칠을 묵어갈 정을 붙인다. 사람의 얼굴을 마주치는 일보다 개나 고양이의 나른한 모습들이 일본에선 더 익숙하다. 어느 곳이든 마음을 무장해제시키는 해거름 매직 아워의 깊은 블루를 만나고 조금 이르게 숙소에 돌아와 도시의 밤을 건넌다.

이른 아침, 깃발을 들고 있는 사람들 속에서 자그마한 여고생 정도로 보이는 아가씨가 예약한 사람들을 체크하느라 정신이 없다. 마지막까지 한국인 가이드와 수소문해가려 애를 써보았지만 다 취소가 되고 중국인들이 타는 버스에 탑승하게 되었다. 중국인 가이드, 그녀가 반짝거리는 눈으로 나를 쳐다본다. 사람들 틈에 유일한 이방인으로 앉아있는 내가 불편해하지 않을까, 이것저것 상냥하기 그지없다. 그들도 나도 다 여행자이기는 마찬가지 아닌가, 그녀의 배려가 오히려 약간의 경계를 가졌던 나를 미안하게 만들었다. 빈 좌석이 없을 정도로 빼곡히 사람들을 태우고서 버스가 출발했다. 반쯤 공기를 내뿜고 동그랗게 흩어지는 중국말, 들을 때마다 신기해서 그녀의 노래처럼 듣고 있자니 한국어로 번역된 동영상 유튜브를 보여주며 웃는다.

그렇게 두 시간 쯤 버스가 달렸을까, 차창 밖으로 거짓

말처럼 눈발이 날리기 시작했다. 긴장과 아쉬움으로 적막 같던 버스 안이 수런거리기 시작했다. 산 중턱 높은 곳에 위치한 휴게소에서 모두 내려 하염없이 퍼붓는 눈 속에서 사람들은 저마다 사진을 찍었다. 뭔지 모를 선물 같은 눈, 모두 경계의 눈빛은 풀어지고 서로 찍고 찍히며 웃음이 피어났다. 그 후로 한 시간을 더 달린 버스는 아침 시장이 열리는 일본의 전통마을 기후현 다카야마에서 멈추었다. 오래된 목조주택들이 빼곡하게 줄지어 있는 골목골목마다 눈비에 젖은 나무 비늘 판자들이 검은색을 띄며 처음부터 심어져 있던 나무처럼 섰다. 나무에서 자라난 집 같다. 과거 히다국의 수도로 상업이 번성하자 사치를 방지하고자 고급 목재 집을 짓는 것을 금지시켜 그을음이나, 감물을 목재에 발라 검소하게 보이도록 했다고 한다.

백발의 머리를 한 할머니 한 분이 진열해 놓은 우유를 집었다. 호뜨, 호뜨, 하신다. 무슨 말인가 한참을 헷갈렸는데 가만히 보니 따뜻하게 데워진 우유를 권하시는 거다. 영어로 소통이 잘 안 되어 일본 여행은 조금 불편하지만 그도 워낙 친절한 그들은 나를 포기하지 않고 고개를 끄덕일 때까지 알아듣지 못하는 일본말로 설명을 해준다. 불편함을 지우는 친절. 엄지손가락만 한 소고기 히다규

스시를 딱 두 점 줄을 서서 먹었다. 비싸기도 하지만 아무도 두 점 이상 사가는 사람이 없다. 입 안에서 녹아 없어지는 점심을 배고프게 먹고 차에 다시 올랐다.

이제 삼십 분만 달리면 바이러스를 뚫고서라도 보고 싶었던 목적지 시라카와고에 도착한다. 일본의 큰 목조 주택에서도 유일하게 볼 수 있는 초가지붕을 얹은 집들이 옹기종기 모여 있고, 겨울이면 지붕에 2m 정도의 눈이 쌓이는 시라카와고[白川郷] 마을은 오랜 세월 동안 외부 세계와 단절되어 온 산악 지대 일본 전통 역사 마을이다. 유네스코 세계문화유산으로 지정된 117채의 가옥과 갓쇼즈쿠리[合掌造]라는 독특한 가옥 양식으로 유명하다.

갓쇼는 합장이란 뜻인데 두 손을 가지런히 모아 기도하는 모양에서 이름이 붙여졌다. 눈이 너무 많이 오는 지역이다 보니 겨울, 몇 개월 동안 눈이 쌓이면 무게를 견디지 못해 무너지는 것을 방지하기 위해 가파르게 지붕을 세운 것이다. 혹독한 자연환경과 주민들의 생활환경에 맞게 완벽하게 구성된 전통마을이다.

마을로 들어서는 쇼와강을 건너는 다리는 많이 흔들렸다. 아래로는 물이 세차게 흘렀고 허락받지 못하는 사람은 들어갈 수 없을 것만 같은 수호신 같은 강물의 힘이 느꺼진다. 매년 2월이면 몇 차례 마을 집들이 동시에 밤 등불을 밝혀 신비로움을 연출하는 세계적인 라이트업 행사가 열리는데, 올해 유난히 따뜻한 겨울이 이곳에도 미쳐 눈이 내리지 않아 이례적으로 모든 행사가 취소되었다고 한다.

내가 도착하는 날, 그 순간에 누군가 시간에 맞춰 솜덩이를 잘라 날리듯 하늘에서 눈이 내린다. 운이 좋다고 말하기에도 부족한 비현실감, 상상으로 그리워하던 그 모습 그대로다. 20년에 한 번씩 억새로 교체하는 지붕은 마을 공동 작업으로 장정 수십 명이 일 년에 걸쳐 해야 할 만큼 규모가 크다. 못 없이 목재로 기둥보를 만들고 이엉을 엮어 쌓아 올린 수십 미터의 지붕에는 넓은 공간의 단이 생기는데 칸을 가로질러 누에를 길러 비단을 생산한다고 한다. 고립된 마을에 그들이 할 수 있는 것은 많지 않았을 터, 양잠업은 자연스레 생업으로 자리를 잡았다.

마을 전체가 보이는 언덕 위에서 살펴보면 남북으로 강한 바람을 피하기 위해 바람 방향으로 큰 길이 나있다. 창에 햇볕이 들게 하기 위해 동서쪽으로 난 창문까지, 척박한 환경에 놓일수록 자연에 순응하지 못하면 살아남지 못한다는 것을 우린 이미 알고 있다. 사진을 찍자니 흔들리는 듯 빛 퍼짐의 창문들이 보석처럼 빛이 난다. 에도 막부 시절 전국에 흩어져 있던 야쿠자들이 깊은 산골로 도망을 왔던 곳이 아닐까, 눈 내리는 시라카와고는 그 자체로 소설 속의 마을 같다.

호주에서 난 산불로 수십 억 동물들이 생명을 잃은 일, 생명을 위협하는 바이러스가 생겨나는 것, 눈이 와야 할 곳에 눈이 오지 않는 겨울, 실제 지구의 환경 파괴와 온난화, 숲의 멸실은 곳곳을 다니다 보면 그 심각성이 결코 공허한 말로 느껴지지 않는다. 갈 곳 잃은 동물은 점차 사람과의 간격이 점점 좁아지고 숙주가 되어 서로를 위협하고, 연신 지구 연평균 최저 기온을 갈아치우고 있다. 이 작은 시골 마을에도 이제 더는 눈이 오지 않을 수도 있다.

이번 일본행은 처음부터 기대했던 스케치를 충분히 담아내는 여정은 되지 못했다. 불편하고 불안했으며, 예기치 않게 흘러갔다. 그럼에도 지난 어느 여정보다 특별했고 남달랐던 의미들이 많았다. 불편을 외면하지 않고 함께 궁리해 보는 것, 잃어가는 것들을 지킬 수 있도록 연대하는 것, 내가 남기는 발자국이 자연을 거스르지 않는 것, 길 위의 사람을 감싸 안는 것.

버스가 떠나야 할 시간, 눈송이가 점점 더 커진다. 천진

난만한 모습의 중국인 가이드 아가씨가 달뜬 모습으로 혼자 셀카를 찍어댄다. 슬몃 다가가 사진을 찍어주겠다며 넘겨받은 폰 카메라, 그 네모난 앵글 속에 소리 없는 그녀의 웃음 위로 눈이 내린다. 아름다운 시라카와고에, 그치지 않고 눈이 내린다.

기차는 간다
- 러시아 블라디보스톡

안개가 자욱하다. 낯선 어느 곳에 발을 디딘 첫 풍경은 늘 가슴을 두근거리게 만든다. 그곳이 오랜 시간 마음에 두었던 곳이라면 두근거림이라는 단어로는 부족한 은밀한 첫인상. 안개 사이로 보일 듯 말 듯 차창 밖으로 스치는 들판 위로 사열한 나무들의 묘한 운치가 설렘을 더한다. "무슨 나무일까요?" 일행 중의 한 분이 묻자 누군가 자작나무라고 했다.

아, 자작나무라니! 40도가 넘지 않으면 술이 아니고 4,000km를 가지 못하면 기차가 아니며, 영하 40도 아래가 아니면 춥다 말라던 러시아에 내가 온 것인가. 백 년도 채 지나지 않은 우리들의 아픈 역사 속에 한 페이지로 장식된 그림 속, 독립 운동가들이 활동했던 가깝고도 먼 나라의 동쪽 끝 블라디보스톡은 '동방정복' 이라는 뜻을 가진 도시이다.

태평양 진출을 위한 군항으로 개항한 도시이지만 혁명과 전쟁은 안개에 점령당해 꽤 낭만적인 첫인사를 건넨다. 그런 가려진 인사의 한편에는 아픔도 있다. 지리적으로 가까웠던 러시아에는 오래전부터 우리나라 선조들의 발자취가 선명하게 남아있다. 한국인들이 러시아로 이주하기 시작한 것은 200년 전쯤, 한겨울 밤에 얼어붙은 두만강을 건너서 우수리강江 유역에 정착하면서 시작되었다. 이후로도 이민은 계속되었는데, 거의가 농업 이민이었으나 항일 독립운동가들의 망명 이민도 있었다. 그러나 스탈린의 이른바 대숙청 당시 연해지방의 한인들은 여러 소수민족들과 함께 가혹한 분리·차별정책에 휘말려 1937년 중앙아시아로 강제 이주되었다.

척박한 낯선 나라에서 터전을 잡고 살아가던 사람들, 가족들과 여행할 수 있다는 기쁨으로 영문도 모른 채 좋아하던 아이들부터 고령의 노인들까지 18만 명의 고려인들은 기차를 탔다고 한다. 그것도 사람이 탈 수 있는 열차가 아닌 짐을 실어 나르던 화물차라 창문조차 없었다. 만 명이 넘는 사람들의 시체와 오물들이 가득한 채 무려 50

일을 달린 기차는 중앙아시아의 황무지에 사람들을 내려놓았다. 물론 생명력이 강한 고려인들은 지금까지 러시아와 독립국가연합에서 가장 잘 사는 소수민족이라 하니 그 아픔이 조금 가시는 듯하다.

우리나라 독립운동가들의 자취를 둘러보고 옛 한인촌이 있는 아르바트 거리를 산책했다. 해양공원으로 이어진 거리는 깨끗하고 멋스럽다. 관광객들이 많아져 한국의 명동이라고 불리는 곳, 무리를 지어 날아오르는 비둘기 떼들이 평화롭기만 하다. 거리를 산책하다 술 그림이 유혹하는 바bar로 들어섰다. 지하로 내려가는 계단 끝에 인상이 조금 험해 보이는 러시아 남성이 고개를 까닥하며 들어오라는 몸짓을 한다. 친근한 팝송이 흐른다. 얼굴이 주먹만 한 무표정한 아가씨에게 흑맥주 한 잔을 시켰다. 영화 탓일까 퀸의 오리지널 골든 음반들이 벽면에 장식되어 있고 여러 유명한 팝가수들의 영상이 배경으로 흐른다.

공산주의가 해체된 지 겨우 이십 년이라는 것이 러시아 사람들의 표정에서 아직 웃음을 찾아보기 힘든 이유인지는 모르겠지만, 이미 그들의 사회는 많은 벽을 허물어졌고 자유스러움이 흠뻑 묻어난다. 전쟁과 혁명, 두 단어는 역사 속에서 지울 수 없는 무를 수 없는 참혹이지만 그 속에서 아름다운 음악과 문학, 사랑과 낭만이 탄생되었다.

돌아본다, 라는 말은 한 해를 마무리하면서 사람들이 가장 많이 쓰는 말이 아닐까. 멈추지 않고 흐르는 시간과 공간 속에서 서로의 상처는 보듬어 살펴주어야 하고 품어야 할 기억은 새기면서 이어가고 싶다. 모든 끊어진 것들은 시간이 필요할 뿐 언젠가는 하나로 이어지리니.

다시, 블라디보스톡역에서 9,288km를 달리는 시베리아 횡단 열차를 기다린다. 매서운 바람에 코트 깃을 세우고 주머니에 두 손을 넣은 채 기다리는 사람들, 무수한 사연을 싣고 기차는 처음이자 마지막 역에 잠시 머물렀다. 한껏 웅크린 저마다의 가슴에 많은 희망의 말들을 안고 기차를 타는 사람들. 자, 다시 여행은 시작되고 기차는 간다.

사월의 붉은 향기
- 캄보디아 프놈펜

후텁지근한 공기에 달큰한 향기가 고였다. 기억할 수 없는 언제, 어디선가 맡아보았던 익숙한 내음인 것도 같고 세상에 없었던 낯선 향인 듯도 하다.

"이 꽃 이름이 뭔가요?" 가방을 들어 옮겨주는 청년에게 영어로 물었다. 캄보디아에서는 달러와 영어를 쓰는 것이 수월하다는 말은 틀리지 않다. "프까아, 프까아." 하얀 이를 드러내며 머리 위에 넝쿨 꽃을 보고 활짝 웃는 청년에게 1달러를 건넸다. 그가 꽃 이름을 알고 대답했는지 그곳에선 모든 꽃을 그렇게 부르는지는 모르겠지만 "프까아, 프까아." 친근한 인사로 그의 눈을 맞추며 나도 웃어주었다.

메콩 강과 톤레사프 강 합류하는 지점 우안에 위치하고

있는 프놈펜, 도심 기반 시설을 정비하는 곳도 많고 교통 체증도 심해 공항에서 30분이면 충분한 도로가 몇 시간씩 정체되어 있었다. '가난한 나라 캄보디아' 라는 말이 무색해 보이는 네온사인의 밤풍경. 외국인들이 주로 거주하고 있는 마을 뱅깡꽁의 아파트 입구에서 만난 몽환적인 향기를 베고 스르륵 잠이 들었다.

20세기 최악의 잔혹사, 영화 〈킬링필드〉의 소재가 되었던 캄보디아는 800만 인구의 1/4이 무고한 학살을 당했던 아픈 역사를 가진 나라다. 타협되지 않은 이데올로기는 얼마나 끔찍한 결과를 낳았는가. 4년의 짧은 집권 기간 동안 폴포츠 진두 아래 공산 크메르 루즈군에게 어린아이부터 노인들, 지식층까지 참혹한 학살을 당했고 사십 여 년 흐른 지금도 여전히 그 상처로 빈곤을 벗어나지 못하는 나라가 되었다.

동남아시아에서 제일 크다는 톤레사프 호수의 석양도, 메콩강의 뱃놀이도 미루고 킬링필드로 발길을 향했다. 오디오 폰을 받고 들어서는 입구 17층 높이에 빼곡하게 들어 있는 유골들이 보관된 위령탑, 지난밤 하늘 위로 매달려 피워 오른 꽃들이 오버랩된다. 간간히 들리는 새소리가 나지 않는 향기를 대신하는 듯 맑고 깊다.

역사의 대물림으로 차후 복수를 막기 위해 어린 아이들의 목숨까지 빼앗았던 흔적이 있는 칠드런 트리, 보리수나무에서 울컥 눈시울이 붉어진다. 주변으로 추모의 팔찌들이 걸려있고 많은 관광객들이 발길을 멈추고 고개를 숙이며 두 손을 모은다. 아직도 비가 오면 땅을 헤치고 솟아나는 뼛조각과 옷가지들이 발견된다는 흙더미가 꿈틀거리며 금방이라도 솟아오를 것만 같다.

참혹했던 나라의 이미지를 벗기 위해 캄보디아 정부는 많은 노력을 하고 있다고 한다. 얼마 전 신문에서 요즘 외국인들이 은퇴 후 살기 좋은 나라로 인식되고 있다는 기사를 읽었다. 생계비용이 많이 들지 않으면서 덜 훼손된 자연이 이방인들을 불러들이는 이유인데, 며칠 머무르며 들런 식당가나 뷰티샵 등에도 실제로 타국인들이 많았다. 현지인들은 엄두를 못 낼 정도로 비싼 가격이지만 외국인들에게는 질 좋은 서비스와 음식을 제법 싼 가격으로 즐길 수 있는 수준이었다.

전 세계적으로 몇몇 독재자의 편중된 이데올로기로 인한 대중을 향한 광기어린 학살은 있어왔다. 제주 동백림 사건처럼 정확한 이름조차 명명하지 못하고 있는 제주 4.3 사태도 70주년이 지난 사월, 남녘 제주에서는 무고하게 희생된 이들을 기리며 사람들은 붉은 동백꽃 뱃지를 달았다. 그리고 북쪽 평양에서는 봄이 온다는 공연으로 많은 사람들의 가슴에 꽃을 피웠다.

1차 세계대전 후 전쟁의 참상을 그리며 4월은 잔인한 달이라 썼던 T. S. 엘리엇의 시, 영화 킬링필드 한 장면에서 감미로운 목소리로 반전을 노래했던 존 레논의 Imagine, 신의 뜻은 인간이 헤아리기 힘든 저편이라 말하지만 그 누구라도 평화를 원하지 않는 사람이 있을까. 반복되는 역사겠지만 진실은 외면해선 안 되고 치유하며 위로하는 과정이 반드시 필요하다. 세월 따라 무심히 지고 피는 꽃이겠지만 늘 처음처럼 아름다울 수 있는 이유이다.

석양이 지는 메콩강 위로 수영을 하며 노는 아이들의 얼굴이 천진스럽고, 밀리는 교통 체증에도 음악을 즐기며 열심히 페달을 굴리는 툭툭이 운전사의 몸짓은 자유롭다. 참혹하고 처연했던 과거 역사의 거대한 무덤 위에 산 자들이 서있다. 붉디붉은 동백 피고 지는 사월의 찬란한 꽃처럼.

삿포로의 시계탑

- 일본 홋카이도

오월은 바삐 흘렀고 나는 조금 분주했다. 지난 몇 년 동안의 삶이 내가 이제껏 살아왔던 속도보다 빨랐고 새로이 설정한 방향으로 뱃머리를 돌리느라 꽤 긴장했었나 보다. 이제 조금 안정이 되고 숨이 제법 고르다. 몇 달 전 봄이 끝자락, 조금은 여유로울 유월의 어느 때쯤 혼자 가고 싶었던 곳을 예약해 두었다. 날짜가 다가오자 왠지 이번엔 꼭 누군가 옆에 있었으면 하는 외로움이 자꾸 밀려오는 것이다. 일정을 취소하고 함께하고픈 그녀에게 연락을 했다.

삼십 년 전, 푸릇푸릇 모든 빛이 우리 앞으로 쏟아져 내리던 화사했던 시절의 대학 단짝 친구, 그녀가 동행해 주었다. 스무 살을 갓 넘어 주어진 자유, 비로소 홀로 섰다고 생각한 우리는 설악산으로 해운대로 함께 많은 여행을 다녔다. 낡은 추억을 어제처럼 기억하고 있는 그녀, 생기발랄했던 여대생 시절로 우릴 돌려놓을 곳은 어딜까. 이십 대 즈음의 여자 친구들끼리의 여행지로 가장 선호하는 곳을 알아내는 건 어렵지 않았다. 가깝고도 이국적인 자연이 펼쳐진 북해도는 몹시 우릴 유혹했다. 위도가 조금 높은 홋카이도 삿포로의 신치토세 공항에는 구름이 낮고 무겁게 내려앉았고 바람은 세찼다.

하얀 가루눈 덮인 언덕 위에 크리스마스트리 한 그루, 성당의 스테인드글라스처럼 화려하게 수놓인 꽃 언덕, 에메랄드빛 호수, 연두 잎사귀 흩날리는 하얀 자작나무 숲. 최근 sns 인사들의 피드를 장식하고 있는 후라노와 비에이가 있는 곳이다. 반백 년을 넘게 지구별을 어슬렁거린 두 여인에게 딱히 특별하거나 처음인 것이 있기나 한 걸까. 긴 시간을 걸어 서있는 지금 여기이지만 '처음' 이란 말은 누구에게나 늘 간절하고 아련하다.

오월의 라일락 축제가 끝나고 다소 한산한 삿포로의 공원을 거닐다가 문득 예전 남자친구가 잘 부르던 노랫말에 등장하는 시계탑이 근처에 있다고 손을 이끄는 그녀, 새로운 곳을 보고, 먹고, 느끼지만 정작 사람들은 과거의 추억을 현재로 소환한다. 삼십 년 동안 만나지 못한 인연인 그녀가 지금 내 앞에 서 있는 것처럼.

"이곳에 오면 꼭 라벤더 아이스크림을 먹어봐야 해." 때가 조금 일러 라벤더 꽃을 피우지 못한 팜토미타 공원에서 아쉬움으로 한 입 베어 문 아이스크림, 누가 뭐란 것도 아닌데 그녀와 눈이 동그랗게 마주쳤다. "세상에나 이런 맛이 있어? 이렇게 향기롭고 달콤한 아이스크림은 처음인걸." 느낌이 좋았다. 이번 여행이 우리들에게 선물할 익숙하지 않은 처음의 맛과 멋은 꽤 괜찮을 것만 같은 그런 예감.

구월이면 첫눈이 내려 다음 해 사월에야 녹는 눈 때문에 북해도의 광활한 토지는 버려져 있었다. 정책적인 뒷받침으로 국가에서 무상으로 토지들이 주어졌다. 불모지를 개척해 이모작의 경작으로 쉬어가며 짓는 땅의 경계를 구분하는 몇 그루의 나무들이 이토록 유명해지리라곤 아무도 상상하지 못했을 것이다. 덴마크와 스웨덴의 벤치마킹으로 이루어낸 꽃 정원의 화훼 농장도 여름이면 많은 사람들의 버킷리스트 여행지로 로망이 된 아름다운 곳이 되었다. 조각 천으로 엮어 놓은 후라노의 밭을 패치워크라고 부르는데 자투리를 이어 엮었음에도 결코 비루하거나 옹졸하지 않은 사람들의 삶, 그 경이로운 서사와도 닮았다.

후라노와 비에이는 지금부터 봄이 시작이다. 아직 눈이 녹지 않은 대설산을 중심으로 꽃을 심으려고 갈아 놓은 흙 밭, 드문드문 피어난 형형색색의 꽃, 그리고 가지를 비틀고 갓 얼굴을 내민 연두 잎들, 어디에서 바라봐도 사계의 모습이 내내 펼쳐지는 풍광은 억만 년의 역사보다 지금 이곳의 하루가 더 경이로울 수 있음을 느끼게 해준다.

삼만 년 전 화산 폭발이 있었던 다이세츠산(대설산)국립공원의 협곡을 거슬러 소운쿄 온천 숙소로 향했다. 머리를 한껏 올려다 보며 지나던 깊은 계곡 22km에 걸쳐진 주상절리, 그 아래를 범람하듯 쏟아지는 대설산의 물줄기가 경계를 넘어서는 안 되는 신의 영역처럼 거대하고 신성하게 느껴졌다.

온천수에 몸을 담근다. 반쯤은 아주 시리게 차갑고 반쯤은 아주 따끈하다. 공평하고 밑질 것 없는 우리의 생生 같다. 미끈거리는 초록빛 물, 어디선가 낯익은 한국말이 들려온다. "세상에나, 이제껏 해온 온천은 온천도 아니라더니 이런 온천수는 처음이네." 그이들은 처음이라는 선물을 얼마나 많이 받았을까.

엊그제 여행에서 돌아와 정리하는 사진 속에 웃는 우리의 모습이 긴 시간을 새겨 놓은 화석처럼 정지되어 있다. 먼 시간이 지난 뒤 언제이고 호명하면 금세 살아 움직일 것 같은 모습으로. 먹는 것은 생활이고 먹고 싶은 것은 그리움이라 했던가. 일상으로 돌아와 각자의 삶 속으로 다시 돌아온 그녀와 나. 다만 치즈 향 농밀하게 입 안을 헤집던 처음 맛본 오타루의 케익이 몹시 먹고 싶을 즈음 그녀가 노랫말을 보내왔다.

"고이노마찌 삿포로 사랑의 도시/ 시계탑에서 만나 사랑하고/ 쓸쓸할 때 찾게 되면/ 포근하게 감싸주는 애인이고 고향이고/ 고마운 나의 사랑의 마찌 삿포로"

오래된 미래
- 일본 후쿠오카

걸음이 자꾸 느려진다. 뒤에서 찬찬히 바라보는 당신의 속도는 저물녘 그림자를 이고 가는 지친 해의 그것과 닮았다. 이토록 오래 다정히, 누군가의 뒷모습을 바라보는 시간이 내게 있었던가.

작년에 아버지를 여의고 맞이하는 첫여름이 얼마나 적적하실까, 혼자 계시는 엄마와 단둘이 여행을 준비했다. 그저 며칠 낯선 곳에서 머물며 함께하는 시간을 비축해 놓고 싶었던 것은 내 욕심이기도 한, 어느 날 문득 고아가 되었을 때 이 순간의 기억들이 나를 좀 덜 외롭고 덜 그립게 해줄까 하는.

후쿠오카 공항에 내려 하카타역까지 택시를 타고 여행자들 사이에 소문난 싸고 맛있다는 스시집을 찾았다. 안내 받고 앉은 자리 앞에 모니터가 달려있다. 대충 음식 사진을 보고 터치해 주문을 하면 음식은 미니기차에 실려 달려오다가 내 앞에 선다. 내려놓았다는 버튼을 누르면 빈 접시를 싣고 다시 달리는 기차. 이런 식당은 이미 내가 사는 곳에도 점점 늘어나고 있다.

"사람을 봐야 뭐가 맛난지 물어 볼 텐데. 요즘 젊은이들은 이런 데서 밥 먹니." "요즘 인건비가 얼마나 비싼데, 그런 만큼 싸게 먹잖아." 좋아하는 성게알 초밥까지 잔뜩 먹었는데 둘이서 이만 원이 조금 넘는다.

복잡한 도심을 벗어나 얼른 시골 온천 마을로 향하자고 서로 눈을 맞춘다. 한 시간 정도 차를 타고 가는 길 위, 이어지는 산세의 풍경이 길쭉길쭉 뾰족뾰족하다. 그도 그럴 것이 일본의 산은 지금 거의 삼나무로 덮여 있다. 1900년 초부터 목재로 사용하기 위해 심기 시작한 삼나무가 너무 많아져 알레르기를 유발하고, 나무에서 뿜어 나오는 방충의 물질 때문에 잡목이나 새를 불러들이지 못하는 숲이 되어버리라곤 누구도 예측하지 못했을 것이다.

얼마 전 제주에서 둥근 오름을 점령하고 있는 삼나무 숲에 대한 대책을 내놓은 것을 읽은 적이 있다. 크고 시원시원 쭉 뻗어 보기 좋다고만 생각했던 숲, 인위적인 것의 결과가 다 나쁜 것만은 아니지만 오래된 미래를 잘 준비해야 하는 것은 사람 살아가는 일이랑 많이 다르지 않은 듯하다.

도착시간을 알려드렸더니 료칸 식구들이 마중을 나와 있다. 용이 하늘에 머문다는 이름을 가진 텐류소는 아마가세 온천지역에서 180년 역사를 가진 가장 오래된 료칸이다. 한때 명성을 날리던 유명한 배우가 은둔할 것만 같은 곳, 이제 현지인들은 거의 찾지 않고 드문드문 외국인 관광객이 찾아오는 모양이다. 검소하지만 누추하지 않고 화려하지만 사치스럽지 않다는 검이불루 화이불치儉而不陋 華而不侈의 옛말이 맞춤이다.

젊은 할머니들이란 표현이 있을까. 짧은 커트 머리에 단정한 옷차림의 직원분들이 다들 연세가 제법 드신 분들이다. 벗어 놓은 신발을 무릎을 꿇고 정리하시는 모습까지 미안한 마음이 일었지만 감사함을 눈인사로 웃어드렸다. 대를 이어 료칸을 운영하는 여주인 할머니께서 직접 환영의 의미로 저녁을 먹는 동안 춤을 한 곡 춰주시겠단다. 젊고 세련된 몸짓은 아니겠지만 손님을 예우하는 그 정성과 친절만으로도 즐거운 저녁시간이었다.

료칸 앞을 가로지르며 천년을 흐르는 쿠스강에 노을이

앉았다. 강가에 조그맣게 지어진 가족탕, 코끝이 찡한 유황온천물에 엄마와 나는 몸을 담근다. "엄마, 더 좋은 곳도 많겠지만 시골 마을의 아주 오래된 탕, 그것도 단둘이. 이런 시간이 내겐 선물이에요." 우리는 뜨거워진 몸을 식혀가며 아이처럼 탕 속을 들락날락거린다. 달궈진 얼굴을 창밖으로 내미니 마주치는 달, 달빛.

잘 쉬고 떠나는 이방인을 료칸 식구들이 두 팔을 흔들며 배웅을 해주신다. 늙고 낡고 오래되어 쓸쓸하게 혹은 적막하게 사라지는, 사라져 가는 모든 사물과 사람들. 정갈하며 단정한 품위의 뒷모습을 가진 오래된 미래, 그렇게 흐르자, 그러자 했다.

지독하다는 단어로도 부족한 뜨거웠던 여름 뒤로 서서 기다리는 가을. 가을이라니, 수십 번을 만나 익숙하고 오래된 계절이지만, 어쩐지 이번 가을은 처음처럼 다시 새롭고 근사한 애인이 오고 있는 것만 같다.

낭만의 핑크 시티
- 인도 자이푸르

백색 찬란한 빛의 도시 인도 아그라를 떠난 버스가 다시 먼지를 폴폴 가르며 달린다. 건조한 들판의 풍경 사이로 화석처럼 마른 소들의 등뼈가 조금은 처연해 보인다. 듬성듬성 보이는 초록의 나무 몇 그루, 도롯가를 뒹구는 바삭거리는 쓰레기더미 사이로 반짝이는 인도사람들의 크고 맑은 눈망울이 차창 밖을 서성인다.

인도 서부의 라자스탄주는 특별한 색채로 도시의 이미지를 표현하는데, 조드푸르의 블루, 황금빛을 가진 도시 자이살메르, 그리고 설렘을 안고 찾아가는 낭만의 핑크시티, 자이푸르가 그렇다. 1876년 영국 식민지 시절, 이 지역을 다스리던 왕 자이 싱 2세가 영국 왕자의 방문을 환영하기 위해 시가지 전체에 분홍의 페인트를 칠하도록 하면서 그렇게 된 것이다. 원주민인 라지푸트족에게 핑크색은 환대의 의미였다.

한나절을 꼬박 달려 도착한 자이푸르. 버스가 도시 입구를 들어서자 분홍빛 건물들이 동화 속 풍경처럼 좌우로 정렬되어 있다. 색과 향이 강렬한 인도는 붉은 사암의 건축물이 많아 중세의 고풍스러움이 풍기는데, 이 분홍빛 또한 이질적이지 않은 온화함이 느껴진다. 뜨거운 태양빛에 바래 다듬어진 또 다른 자연의 색을 가진 도시.

궁전의 인도답게 이곳 자이푸르에도 구백여 개의 방을 가진 바람의 궁전, 하와마할이 있고, 물위의 궁전 산 위의 궁전, 말로 설명하기도 부족한 아름다운 마할들이 많다. 하지만 이곳에 가장 기대가 되는 것은 마법의 장치라는 이름을 가지고 유네스코 세계문화유산으로 등재된 '잔타르 만타르' 천문대가 있다는 사실이다.

"별빛 아래 잠든 난 마치 온 우주를 가진 것만 같아. 난 그대 품에 별빛을 쏟아 내리고 은하수를 만들어 어디든 날아가게 할 거야."

여가수의 비음 섞인 목소리가 매력인 볼빨간 사춘기의

〈우주를 줄게〉라는 노래가 있다. 기원의 시작과 알 수 없는 끝이 세상 진리의 모두일까. 누구도 설명할 수 없기에 우주라는 단어는 내게 여전히 두근거림이기도 하다. 그런 우주를 사랑한 왕이 인도에도 있었다.

당시 왕이었던 자이 싱 2세, 그는 점성학과 건축 천문학에 능하고 관심이 많아 인도 여러 곳에 천문대를 세웠다. 그곳들 중 가장 큰 천문대가 이곳 자이푸르에 있다. 20세기 초까지 실제로 사용되어 온 관측소이다.

잘 꾸며진 정원 안으로 들어서자 군데군데 천문관측 기구들이 석조로 만들어져 있다. 달과 해가 가는 길을 알고 싶어 했던 사람들, 태양과 별의 일식과 분점으로 경사도와 각도를 측정하는 기구, 60방위로 나눈 방위표, 월식 별자리를 구분할 수 있게 만든 건축물, 아무것에도 의존하지 않고 다만 사람의 눈과 머리로 알아낼 수 있는 것들. 무한하다는 우주의 시간과 공간을 옮겨 놓은 듯, 정교하고 섬세한 관측기구 20여 가지는 감탄을 자아내기 충분하다.

올림푸스 신전에는 시간의 신인 크로노스의 상이 있다. 옷을 벗은 남자가 달리는 모습을 하고 있는데, 오른손에는 날카로운 칼을 들고 있고 발에는 날개가 달려있으며 머리카락이 이마 앞쪽으로는 늘어뜨려져 있는데 뒷머리와 목덜미엔 없다.

시인 포세이디프는 크로노스 신상을 가리켜 이렇게 말했다. "시간은 쉼 없이 달려야 하니 발에 날개가 있고, 시간은 창끝보다 날카롭기에 오른손에 칼을 잡았고, 시간은 만나는 사람이 잡을 수 있도록 앞이마에 머리칼이 있으나 지난 후에는 누구도 잡을 수 없도록 뒷머리가 없다. 시간은 곧 기회다." 누구에게나 똑같이 주어지며 멈추지 않고 흐르는 물리적인 시간 크로노스.

하늘을 찌를 기세로 서있는 해시계, 27m에 달하는 해시계는 지금 인공위성과 2초밖에 차이가 나지 않을 정도로 정확하다고 한다. 끝이 없어 보이는 삼각형의 꼭짓점을 바라보고 있자니 현기증이 난다. 시간이 비가역성이지 않았다면 인류가 이토록 집착하게 되었을까. 돌아오지 않는다는 것은 얼마나 절실하며 멈추지 않고 흐른다는 것은 또 얼마나 초조해지는 일인가.

한참을 홀린 듯 살피다 보니 땅 위에 놓인 내 그림자가 길고 옅어진다. 태양의 기세도 사그라지는 시간. 천문대를 나와 급히 지프를 타고 석양을 바라 볼 수 있는 산등성, 자하르기르성으로 향한다. 차가운 맥주를 한 잔 시켜

놓고 하루를 짊어지고 사라지는 시간의 뒷모습을 바라본다는 것. 핑크빛 자이푸르 위로 붉은 주단이 펼쳐진다. 자, 이제 어둠과 함께 달과 별이 올 시간이라고.

100년을 거슬러 다시 새로운 100년을

- 중국 상해

착륙한 비행기에서 한참을 대기했다. 세계적인 경제 도시답게 몇 분 간격으로 줄을 서서 이착륙을 기다리는 푸둥공항이다. 1919년 독립만세를 외치고 상해에 임시정부를 세운 지 100년이 되는 해, 여행의 발걸음은 상해로 향했다. 상해는 오래도록 마음에 두고 있던 도시였다. 한성 임시정부를 비롯해 7여 개의 임시정부가 제 나라 안에 자리 잡지 못하고 정부청사 간판을 들고 요원들과 독립군들이 떠돌다 첫 깃발을 세운 그 상해이다.

세탁소, 야채 장사, 우유배달을 하며 필요한 자금을 마련하였지만 턱없이 부족했을 터. 당시 상해에 기반을 둘 수 있는 큰 자금을 나라를 위해 내어놓은 일가, 백사 이항복의 10대손 우당 이회영 선생님의 6형제 이야기가 이곳에도 전해지고 있었다.

"내 나라가 없는데 내 땅이 무슨 필요가 있겠소."

명동을 비롯한 서울의 요지 땅, 가지고만 있어도 큰 가치가 될 것을 헐값에 팔려했을 때 만류한 사람들에게 이회영 선생이 한 말이다. 물론 그 땅을 사들인 이들은 지금 어마어마한 부자가 되었을 테고 나랏일을 보는 현직 국회의원인 사람도 있다고 들었다. 그 형제들은 가난하게 살다 모두 쓸쓸한 죽음을 맞이했다. 우리 모두가 진 빚이다.

공항에 내리자마자 이제는 한 세기의 역사를 그은 당시 임시정부가 있던 곳으로 향했다. 아편전쟁 이후 연합군 조계지였던 와이탄과 150년의 신천지는 화려한 거리로 변하고 음식점과 백화점이 들어섰다. 마침 중국의 유명한 연예인이 방문하는 행사가 있는지 경찰들이 수많은 인파들을 통제시키고 있었다. 바로 몇 발짝, 2차선 도로를 사이에 두고 건너편에 허공으로 내걸린 낡은 빨래가 이층건물 창에서 나온 긴 막대에 목을 매고 있다. 비가 많이 오고 습한 상해에서 흔히 보는 풍경이다. 옆 건물에 조그맣게 '대한민국임시정부' 간판이 걸려있다.

점심시간이 끝난 시간, 문을 열어주는 사람이 중국인이다. 건물이 중국 소유고 관리도 그들이 하는 것이니 당연

한 것이겠지만 기분이 묘하다. 그나마 중국 정부에서 문화재로 아직은 보호되고 있다. 도로 하나를 사이에 두고 맞은편 지역은 개발이 되어 수십억을 호가하는 아파트들이 들어서 있다. 개발되지 못하고 묶인 곳에 사는 주민들은 스러져가는 가옥이 불만일 수도 있었겠지만 공산주의라 가능한 일인지도 싶다. 대한민국의 땅이었으면 벌써 주변은 헐리고 건물만 외로이 남지 않았을까.

어느 나라에도 인정받지 못한 설움, 까만 철문을 열고 들어섰다. 간단한 영상 시청을 하고 당시 사람들이 사용하던 집무실을 둘러보았다. 한 발 한 발 겨우 디뎌지던 가파른 계단만큼 위태하고 절박하던 그 당시의 상황을 누가 감히 상상할 수 있을까. '사진을 찍지 마세요.' 서툰 발음으로 무표정의 안내요원은 반복했다. 평일이지만 꽤 많은 사람의 삐그덕거리는 나무 바닥 발자국 소리가 이어진다. 숨을 죽이고 멈춘 호흡, 지난 빛바랜 사진에 모두 속울음을 울었으리.

그 당시 정신적인 지주였던 김구 선생님도 그렇겠지만 중국인들에게는 윤봉길 의사도 매우 존경받는 분이었다고 한다. 상해축구경기장 옆 루쉰 공원 안에는 윤봉길 의사 기념관이 있다는 것을 처음 알게 되었다. 폭탄 의거에

감명 받은 중국당국은 그 후로 호의적인 도움을 주었다고 한다.

"나에게는 이제 한 시간밖에 없습니다."

의거 전 김구 선생과 바꿔 찬 시계와 자결용 도시락 폭탄, 의거 시 사용했던 수탄폭탄도 당시 영상물과 함께 전시되어 있다. 그의 나이 25세였다. 중국의 전통을 살려 잘 꾸며진 정원을 거닐며 치열했던 백 년의 시간을 밟아 본다는 것, 역사를 잊은 국민에게 미래는 없다고 했던가.

윤봉길 의사의 의거 배후로 지목된 김구 선생과 정부요인의 피난처였던 가흥은 항주 가는 길에 있다. 중국의 사상가 추푸청이 도움을 준 은신처, 당시 수백억의 현상금이 걸렸던 김구 선생과 상해에서 추방당한 임시정부의 다음 정박지 항주 가는 길목엔 알고 있었던 것보다 훨씬 고된 핏빛 발자국이 선명하게 남아 있었다.

어느 나라도 인정해 주지 않았고 그 누구도 기억해 주지 않았던 대한민국임시정부, 전 민족운동이었던 3·1운동에 의해 수립된 임시정부이고 국민들의 의지와 이념적 기반 위에 설립되었음을. 상하이를 시작으로 항저우, 전장, 창사, 광둥, 류저우… 마지막 충칭까지, 1919년 4월 11일부터 1945년 8.15 광복까지 27년 고스란히 이어진 역사는 100년을 거슬러 다시 새로운 100년을 기약한다. 정부에서 4월 11일을 임시공휴일로 추진한다는 좋은 소식도 들린다.

하늘에 천국이 있다면 땅에는 항주가 있다고 극찬한 마르코 폴로, 소동파의 멋진 시들이 탄생했던 아름다운 서호를 가진 항주에 도착했다. 흩뿌리는 비에 젖은 호수를 가르는 조각배들이 평화롭게만 보인다. 언젠가는 찬란한 햇살 아래 뱃놀이를 기약해 보며, 그저 눈에만 담기에도 왼쪽 가슴 아래가 울컥해지는 그런 날이었다.

헬로우, 미스 사이공
- 베트남 호치민

버스에 올랐다. 큼지막한 배낭을 메고 앞서 오른 금발 여인의 뒷자리에 앉았다. 서너 좌석 빼고 꽉 찬 프놈펜에서 호치민으로 가는 길, 두어 시간 달려 도착한 목바이에서 비자 심사가 끝나고 다시 버스는 출발했다. 옆에 앉은 검은 옷을 입은 여인은 자그마한 씨앗을 연신 후후 껍질을 불어가며 까먹는다. 눈이 마주칠 때마다 드러내는 하얀 이가 선명하다. 사선으로 긋는 비 사이로 푸릇푸릇 녹음의 목초가 지평선 낮게 낮게 이어지고 그 후로도 버스는 몇 시간을 더 달렸다.

비행기를 타기 전, 파리하게 떨리는 앙상한 손으로 담요를 감아쥐며 창밖을 가만히 응시하시는 아버지의 눈이 선명하다. 몇 달 전 발이 붓고 살이 빠져서 병원검사를 하셨는데 폐암말기라는 진단을 받았다. 평소 소식하시고 별다른 병치레를 하지 않으시던 분이라 가족들은 더 놀라고 상심이 컸다. 젊은 시절 베트남전쟁에 참전하셨는데 고엽제 후유증이 의심됐다. 보훈청에 문의 결과 후유 의증에 분명 폐암이 있었다. 몇십 년이 지나 이렇게 발병이 되는 전쟁의 아픈 상흔들. 전쟁의 시절을 겪어보지 못했기에 아버지의 아픈 시절 그 흔적들은 어떤 곳일까 궁금했다. 프놈펜의 친구들과의 여정을 뒤로하고 호치민행 버스를 탄 이유이기도 하다.

차가 시내를 접어들었다. 기억의 저편 아버지의 머릿속에 멈춰 있는 폐허의 도시였던 호치민에는 벌써 노을이 내려앉았다. 버스정류장이 여행자거리에 자리를 잡고 있어 그런지 외국인들이 부쩍 눈에 많이 띈다. 택시를 타고 호텔로 이동했다. 이동이 용이하게 도심지 한복판에 있는 숙소를 잡았는데 가는 길, 유명한 성당과 우체국, 왕궁의 낯익은 모습이 스친다. 복잡하고 무질서해 보이는 도시가 한편으로 정돈되고 안온하게마저 느껴지는 것은 우기의 낯선 공기가 훅 숨을 밀고 들어온 때문일까.

여장을 풀고 잠시 근처 밴탐시장을 둘러보았다. 마땅한 음식을 찾지 못해 끼니를 놓쳐 허기진 배를 얼음에 간 망

고주스로 채웠다. 무언가에 홀리듯 사람들 사이로 걸어 다니다 보니 훌쩍 해가 지고 먹구름이 비를 쏟아낸다. 서둘러 호텔로 달렸다. 베트남 전쟁이 주제였던 지옥의 묵시록, 드뷔시의 발퀴레의 기행이 귓가에 웅웅거리고 하늘에서 헬리콥터 군단이 마치 폭탄을 퍼붓듯 밤새 천둥 번개에 비가 쏟아져 내렸다.

혼자 여행이 불안해 보였는지 지인분께서 동행하라고 소개해 준 이십 대의 베트남 여인과 식사를 했다. 항공학과를 나온 그녀는 영어를 아주 유창하게 구사하는 스마트한 아가씨였다. 음식이 나오자 해맑게 인증 사진을 찍는다. 그 나이 또래의 밝은 모습에 괜히 드는 안도감은 무언지. 그도 그럴 것이 베트남 여인하면 내게는 몇 가지로 머릿속에 어른거린다. 미국 병사와 사랑에 빠져 아이를 낳고 함께 떠나지 못하고 아들을 보낸 후 자살을 하는 주인공 킴의 뮤지컬 〈미스 사이공〉, 그리고 무수한 한국 병사들 사이에서 태어난 라이 따이한이다. 왠지 마음 한구석에 죄책감 같은 것이 그녀를 대하는 마음이 조심스러웠다. 어디를 보고 싶은지 묻는 질문에 전쟁 박물관을 가보고 싶다고 했다.

7개의 테마로 나누어 전시되고 있는 박물관 자료에는

10년간 계속된 전쟁 기간에 미군이 쏟아 부은 폭탄 수백만 톤과, 화학무기 수십만 리터의 기록이 보이고, 1968년 3월 베트남 미라이 지방에서는 하루에 504명의 민간인이 미군에 의해 잔혹하게 떼죽음 당했다는 기록도 보인다. 어린이들이 그린 전쟁 관련 그림과 감옥, 포로수용소 등 참혹한 장면들이 전시되어 있다. 한국군에 대한 자료도 이전에는 많았지만 1992년 수교 이후, 부산에서 출발해 베트남에 도착하는 군함 사진과 참전 인원만 게시를 하고 있다.

얼마 전 대통령이 참전 용사들에게 나라의 경제 기반이 되어 경의를 표한다고 한 말에 베트남 정부에서 항의했던 일이 있었다. 언론은 베트남전 당시 한국군이 약 9,000명의 민간인을 학살했지만 한국 정부가 이를 인정하지 않는다는 점을 들었다. 적이 아닌 적으로 싸워야 했던 전쟁에서 과연 승자가 있을 수 있었을까. 그 누구도 온전하지 못한 채 후세에까지 이어지는 고통은 여전하다. 정확한 조사를 통해 사과와 용서, 그리고 화해가 꼭 이루어져야 하는 이유이다. 나도 누군가에게 아버지에 대해 사과와 위로를 받아야 하는 것은 아닌지.

박물관을 나서면서 그녀에게 물었다. 이곳에 와 본적이

있는지. 그녀는 학창시절 방문한 것이 마지막이라 했다. 지금 우리의 자녀들이 그렇듯 전쟁은 영화에서나 볼 수 있는 아득한 소설 속 이야깃거리 정도로 생각하지 않을까. 놀라울 만큼 빠른 속도로 변화하고 있는 호치민의 모습만큼이나 다행이기도 당연하기도 한 일이지만.

여행의 마지막 시간, 메콩강의 노을이 보고 싶었다. 강이 보이는 전망 좋은 식당, 저녁을 시켜놓고 친절했던 그녀에게 후에 한국에 오게 되면 가이드를 해 주겠다며 고마움을 표시했다. 언제가 될지 모르지만 그녀는 한국에 가기 위해 돈을 모으고 있다며 환하게 웃었다. 이제 내게 미스 사이공 하면, 아마도 발랄한 미소와 함께 당당한 꿈을 가진 여인의 이미지가 떠오를 것만 같다.

희석된 시간에 묽어져 흐르는 메콩강이 평화로운 흙빛이다. 뼛조각이 화석 되어 가라앉은 긴 시간, 핏빛 물길 되어 강물 저 깊은 곳으로 흐르고 있겠지. 사이공의 밤이 그렇게 흐르는 것처럼.

동그랗고 부드러운 바람
- 대만 타이중

혼자 떠나는 여행을 어떻게 생각하는가. 얼마 전 클룩에서 조사한 여행에 관한 리서치가 눈길을 끌었다. 혼행에 대한 여러 조사였는데 긍정적으로 생각한다는 답에서 세계 여러 나라 평균 수치를 훌쩍 뛰어넘으며 단연 한국이 1위였다. 그도 그럴 것이 여행을 다니다 보면 배낭을 메고 이곳저곳 사진을 찍으며 여유롭게 혼자 걷는 한국사람을 만나기란 어려운 일이 아니다.

아무도 찾지 않을 것만 같은 300년 된 낡은 타이중의 시골마을 버스정류소에서 만난 그녀도 한국 여성이었고, 검색해서 들어간 낯선 도시의 맛집 한 테이블을 차지하고 느긋하게 식사를 즐기던 그도 한국 사람이었다. 여행을 가기 전 관련 카페에 정보를 검색하다 보면 혼자 밥 먹을 수 있는 곳, 혼자 머무르기에 안전한가 하는 질문들이 많은 것만 보아도 쉽게 알 수 있다.

자기에 대한 보상, 새로운 곳에 대한 호기심, 지친 일상의 치유라는 흔한 여행의 동기보다 '혼자' 어디든 떠난다는 것에 나는 많은 점수를 주고 싶다. 멀고 긴 여행도 그렇지만 일상에서의 산책조차도 혼자의 시간을 만들지 못하는 사람들이 꽤 있다. 얼마간의 짬을 내어 혼자 걷는 시간은 삶에서 누구나 필요하다고 얼마 전 지인에게 말했다가, 심심하잖아요, 아니 왜 혼자 걸어요, 라는 답이 돌아와 되레 잔소리쟁이가 된 적이 있다.

아무도 도와주지 않는 혼자 가는 여행의 준비가 어떤 때엔 귀찮기도 하지만 대부분은 준비하는 꽤 오랜 시간을 떨림과 기대감으로 보낸다. 항공권을 예약하고, 여행 동선에 맞춰 잠잘 곳을 정한다. 도시에서는 야경을 볼 수 있게 넓은 통 유리창 있는 숙소를, 해변이라면 일출은 볼 수 있는지, 노을은 어디로 지는지, 잠잘 곳만 정해지면 나머지는 유동적인 일정으로 마음 닿는 길을 걷기만 하면 된다.

혼행에서 가장 아쉬운 점의 설문에는 많은 사람들이 외로움과 안전을 꼽았다. 아무리 혼자 있는 시간을 좋아하는 사람이라도 전혀 외로움을 느끼지 못하는 것은 아니다. 아주 멋진 노을을 만나는 순간, 먹어보지 못한 낯선 음식이 무척이나 달콤할 때, 창밖에서 스며드는 꽃향기가 침대 위를 흐르는 시간, 누군가가 옆에 없다는 것이 외로움이라면, 그 외로움은 그리움을 자라게 한다. 그리움이 자라면 사랑은 다시 시작된다.

낡은 베갯내음 같은 사람들을 하나둘씩 떠올리며 낯선 도시의 밤을 건넌다. 익숙한 것에서 멀어지려고 하는 몸만큼 다정하게 되짚어 다시 돌아가는 마음은 관성처럼 당겨져 제자리를 지키게 한다. 돌아오지 않는 여행은 없다.

수십 년 해왔던 일들을 접고 새 꿈을 꾸며 제2의 인생 출발점에 서있는 그녀와 이번에 가까운 대만 여행을 함께 했다. 직장 연수나 가족들과의 패키지 여행을 몇 차례 했던 그녀는 혼행을 한 번도 다녀본 적이 없고 조금은 두렵다고 했다. 어쩌면 인생에 마지막일지도 모르는 새로운 길을 걷는 그녀와 동행하며 응원해 주고 싶었다. 예약을 도와주고 함께하는 여정 동안 예기치 못한 어려움을 옆에서 지켜보았지만 다음에 혼자일 그녀를 생각해 제법 혹독하게 모른 체했다.

구글 맵을 키고 밤늦도록 야시장을 돌아다니고, 낮에는

도시를 가로지르며 함께 걸어 다녔다. 며칠을 머물렀던 낯선 곳, 뜻 모를 간판들 아래 이방인으로 걷는 그녀의 뒷모습이 한결 자유롭고 편안해 보였다. 이제 혼자 여행 다닐 수 있겠는지, 물었다. 아직 조금은 두렵지만 도전해 볼 만큼 홍미로웠고, 그런 열정을 가질 수 있는 시간도 얼마 남지 않았을 테니 용기를 내 보겠다며 슬몃 웃었다.

여정에서 익숙해져 마음이 여유로웠던 날 함께 자전거를 빌려 탔다. 세계에서 자전거 길로 유명하다는 달과 해를 담은 일월담, 낯선 곳에서 자전거를 타는 일은 늘 옳다. 공기와 햇살, 윤슬진 강물과 함께 바퀴를 굴리는 시간은 의심 없는 안온함이다. 비가역성의 시간이지만 동그랗게 맞물려 돌아가는 자전거 바퀴처럼 처음과 끝이 돌고 도는 세상, 페달을 밟고서 일으키는 바람도 그저 동그랗게 세상 속으로 퍼져나간다.

삶의 여정이라는 말과, 혼자 하는 여행은 참 닮았다. 이제 외롭고 조금은 두려울 혼자의 여정을 준비하는 그녀가 동그랗고 부드러웠던 자전거 바람을 기억하면 좋겠다.

무덤에 깃든 평화
- 인도 타지마할

마치 허공을 가득 메우는 꽃봉오리처럼 흰 대리석의 신비로운 영묘靈廟 타지마할이 봉긋 솟아있다. 그 뒤로 야무나Jamuna 강이 흐르고 건너 저편 붉은 사암의 웅장한 아그라 성이 닿을 듯 그리움의 거리만큼 떨어져 있다. 영원히 만나지 못하는 불멸의 사랑이 있는 곳, 열네 번째 아이를 낳다 죽은 왕비 뭄타즈 마할을 기리기 위해 만든 무덤, 타지마할. 지금은 흙더미로 내려앉아 먼지로 사라져 버린 이슬람 무굴제국의 왕, 샤 자한의 집착과 광기 어린 사랑의 무게, 가장 무겁고도 무거운 세기의 사랑, 그 징표를 남겼다.

정으로 깰 수가 없는 대리석을 사포로 일일이 갈고 보석을 박아 새겼다. 해가 뜨는 아침에는 주홍빛으로, 낮에는 백색의 성으로, 석양 무렵이면 핑크빛으로 변하는 궁전, 한시도 같은 풍경이지 않은 건축물이 경이롭다는 표현 말고는 떠오르지 않는다. 22년 동안 2만여 명의 인부가 공을 들여 무덤이 완성되자 샤 자한은 그들의 엄지손가락을 죄다 잘랐고 누구도 흉내 내지 못하도록 설계자의 눈을 뽑고 사지를 잘랐다. 그 아름다운 대리석 무덤에는 뭄타즈 마할뿐만 아니라 많은 석공들의 피도 함께 묻혀 있다.

건축 왕이라 불리던 샤 자한은 결국 돌덩이를 쌓아 올리느라 파탄 난 재정으로 그도 그의 아들에게 왕위를 빼앗기고 유폐되어 살아가게 된다. 다행히 평생을 그리워하며 자신의 모든 것을 쏟아 부은 부인의 묘, 타지마할이 보이는 아그라성의 왼쪽 한 방에서.

세계 여러 불가사의 건축물 중 하나인 이곳에는 건축물만큼이나 불가사의한 이야기들이 많이 있다. 방언까지 700여 개의 언어, 13억 세계 2위의 인구, 이슬람의 무굴제국이 망하고 영국 식민지에서 벗어난 것이 1947년, 아그라는 델리에 수도를 옮기기 전 1세기가량 북인도를 지배하던 도시이다.

호텔로 가는 차 안에서 바라보는 풍경이 있었다, 말로만 듣던 먼지와 경적 소리, 그리고 길가에 밀쳐진 쓰레기더미들, 그 옆으로 오색찬란한 결혼식이 진행되고 있었다. 세계적으로 전깃세가 가장 비싸다는 인도에서 몇 날 며칠 밤을 새며 열리는 결혼식의 하루 전기세가 엄청나다는 이야기를 들었다. 그 입구 앞으로, 태어나 한 번도 씻어본 적 없는 듯 새까만 화석처럼 먼지더께 신은 맨발 아이들이 옷을 잡아당기며 따라다닌다.

여전히 존재하는 신분제, 봉건제, 불가촉천민. 금수저 은수저의 이야기가 한국보다 더 실감난다. 깨끗하고 예의 바른 일본, 세련되고 여유로운 유럽, 활기차고 인간미 느껴지는 동남아, 대륙의 백분의 일도 보지 못한 인도지만 참 특별하게 다가오는 나라이다. 그 수많은, 적어도 내가 생각하는 불합리를 거스르지 않고 온순히 견디는 사람들, 선한 눈망울, 먼지와 강간, 식수, 소음, 청결, 여러 가지 이유로 인도 여행을 반대하는 사람들이 있었지만 여전히 세계인들이 가장 많이 이곳을 찾는 이유는 분명 있을 것이다.

타지마할의 입구에 서서 성을 정면으로 보고 있으면 좌우가 흐트러짐 없이 완벽한 대칭이고, 수백 미터의 연못에 반영되는 데칼코마니조차 한 치의 어김없이 대칭이다. 정교한 그 대칭의 그림자에 깃든 힌두와 이슬람, 종교의 비대칭, 언어와 인종의 비대칭, 무구한 역사의 끝없이 이어지는 비대칭의 이야기들을 담은 인도. 그 비대칭을 잠식하고 마음의 평화를 위해 여전히 줄을 서고 신발을 벗어 참배하는 인도 사람들. 그런 인도에 경이로운 건축물 만큼이나 "그것이 바로 너다."라는 아트만의 진리를 찾아 자신 속의 신을 찾아 여행하는 인도사람들이 있다. 불균형의 세상 그 경계에서 살아가는 모습, 조금은 너그러워지는 마음의 평화를 찾아가는 것도 만 가지 중 인도 여행이 주는 하나쯤 아닐까 여겨본다.

많은 철학자들의 경전이기도 한 인도 고대 경전 『우파니샤드』는 산스크리트어로 스승과 제자가 곁에 두고 앉는다는 뜻을 가졌다. 본문으로 들어가기 전과 끝에 스승과 제자가 함께하는 '평화를 위한 낭독' 이 있다. 브라흐만을 상징하는 '오움(om)' 으로 시작해 마지막에는 '오움- 오움- 오움으로 마무리한다. 평온을 세 번 외치는 것은 마음의 평온, 세상의 평온, 그리고 정신적인 평온, 이 세 가지 평온의 상태를 염원하는 것이다.

비행기가 이륙했다. 소금처럼 아스라이 뿌연 먼지 속 뜨거운 태양에 녹아내리는 흙빛 도시 델리, 하늘에서 내려다보는 세상은 그저 공평하고 평화롭기만 하다.